U0491079

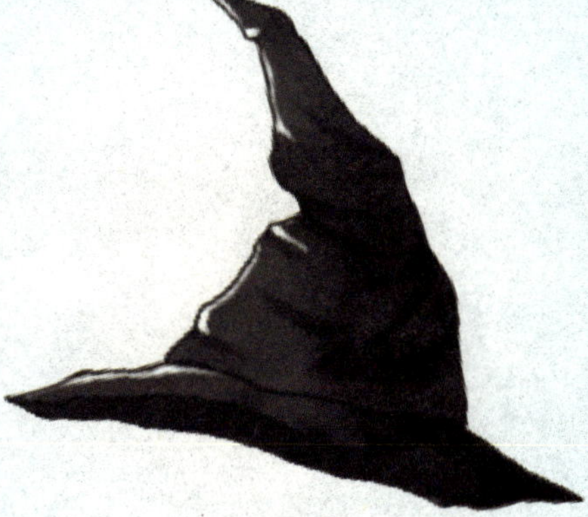

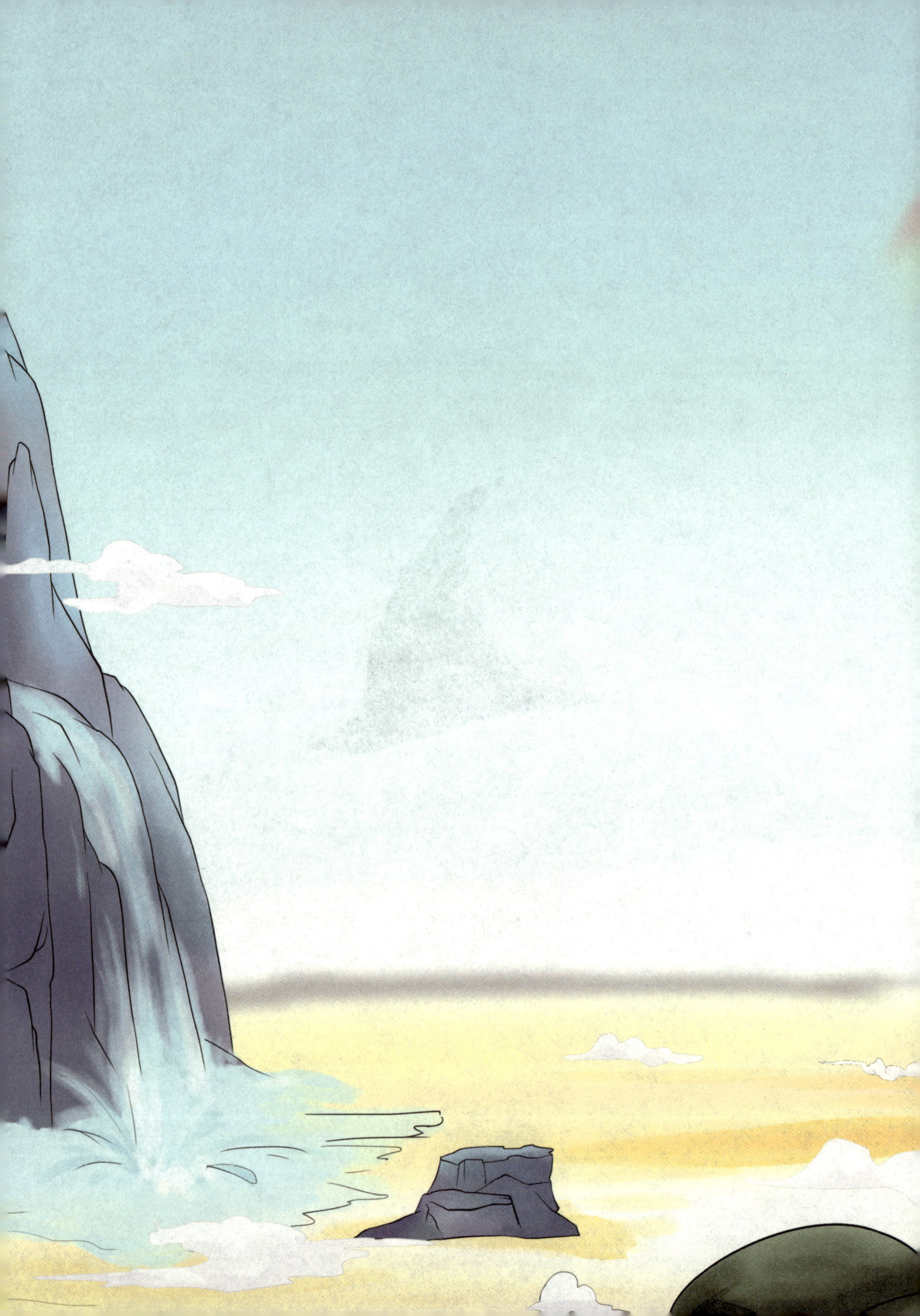

追捕水巫

郑小凯 著

中国言实出版社

图书在版编目(CIP)数据

追捕水巫 / 郑小凯著. -- 北京：中国言实出版社，2022.10
ISBN 978-7-5171-4256-0

Ⅰ.①追… Ⅱ.①郑… Ⅲ.①幻想小说—中国—当代 Ⅳ.①I247.5

中国版本图书馆CIP数据核字（2022）第124471号

追捕水巫

责任编辑：史会美
责任校对：王建玲

出版发行：中国言实出版社
    地 址：北京市朝阳区北苑路180号加利大厦5号楼105室
    邮 编：100101
    编辑部：北京市海淀区花园路6号院B座6层
    邮 编：100088
    电 话：010-64924853（总编室） 010-64924716（发行部）
    网 址：www.zgyscbs.cn 电子邮箱：zgyscbs@263.net

经 销：	新华书店
印 刷：	徐州绪权印刷有限公司
版 次：	2023年1月第1版 2023年1月第1次印刷
规 格：	787毫米×1092毫米 1/16 10.75印张
字 数：	110千字
定 价：	68.00元
书 号：	ISBN 978-7-5171-4256-0

假如恐龙当时不是因为一块陨石的撞击而灭绝——你，很可能只有几厘米长，长着触角和尾巴，趴在哪个洞穴里看我的这本书。

——[美]比尔·布莱森《万物简史》

目 录

1. 我被押上了法庭　　　　　1
2. 水精灵凝儿　　　　　　　6
3. 凝儿的魔法　　　　　　　13
4. 水巫女王　　　　　　　　23
5. 汞脚丫子讲的故事　　　　32
6. 烟雾水巫讲的故事　　　　39
7. 酸雨水巫讲的故事　　　　45
8. 拯救婴儿　　　　　　　　54
9. 大法官的判决　　　　　　62
10. 我当上了国王　　　　　66
11. 楼兰之梦　　　　　　　76
12. 水人节　　　　　　　　85

13. 赤潮水巫　　　　　　　　　91

14. 空中之城　　　　　　　　　98

15. 牧羊女和她的羊群　　　　　106

16. 彩霞山　　　　　　　　　　114

17. 冰城奇遇　　　　　　　　　121

18. 干冰巨人讲的故事　　　　　128

19. 海娘娘和她的两个孩子　　　136

20. 矮老头和他的三只黑羊　　　142

21. 决战水巫女王　　　　　　　152

22. 我的水灵珠　　　　　　　　160

1. 我被押上了法庭

自从那朵云飞进了教室，我的一切都好像被施了魔法，变得越来越不可思议了。我，莫名其妙地变成了水人。

是的，我是水人。

可是你不要以为我是一个皮肤娇嫩、玲珑剔透、聪颖可爱的水孩子，此刻站在你面前的是披头散发、脸色青蓝、眼圈乌黑、一口黄牙、鼻子里流淌着锈红色鼻涕的我，像一个满身脓疮、臭气熏天的乞儿。

我原来是谁？又怎么变成了这副模样？现在已经来不及跟你细说了，因为我被五花大绑地押上了法庭。

法庭上强烈的灯光照在囚禁我的玻璃罩子上，使我一下子睁不开眼睛。等我慢慢地适应了环境，才看清面前端坐着的威严的大法官，听见身后旁听席上水人们嘈杂的议论声。

大法官也是一个水人，尽管年龄很大，满脸沧桑，但皮肤还

是很细腻、透明，额头上的皱纹有一种水波荡漾的感觉。我是一个脑子装满稀奇古怪想法的人，都这样了还忍不住对这位大法官进行着猜想：他那被衣服包裹着的大肚皮也会是里外透明的吗？心肝肠肺什么的都能让人看清楚？要是不小心被尖锐的钉子扎破了手指，那全身的水会从创口一下子流干吗？那样，座位上就只剩下一件宽大的黑袍子和一顶银白色的发套了……

　　要是没有这次历险，我也不会知道，在我们人类世界之外，还有一个人们看不见的水人世界。他们同样有着一个完整的、和人类生活互相交叉着的社会体系：有城市，有学校，有医院和医生，也有警察和大法官……

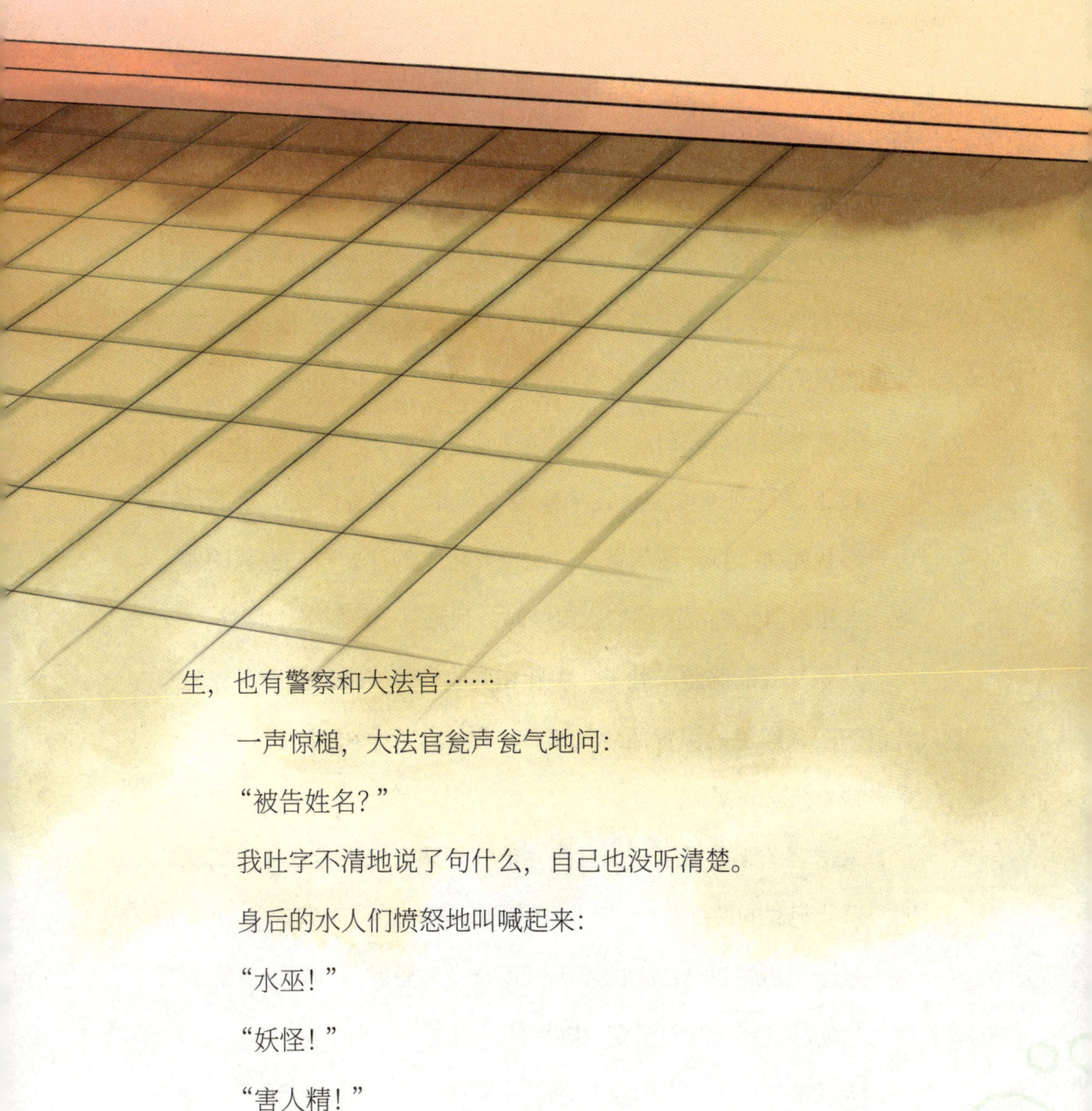

一声惊槌，大法官瓮声瓮气地问：

"被告姓名？"

我吐字不清地说了句什么，自己也没听清楚。

身后的水人们愤怒地叫喊起来：

"水巫！"

"妖怪！"

"害人精！"

……

追捕水巫

像被魔鬼吸干了身体里的鲜血，我浑身无力，胳膊腿瘫软，而且头痛欲裂，感觉自己细细的水脖子已经支撑不住沉甸甸的脑袋。

恍恍惚惚间，我听见公诉人宣读起诉书，我被指控为一个罪大恶极的水巫，污染了水源、坑害了许多人的身体健康，是人类和自然界的公害……

我大脑里一片空白。

接下来是当庭取证。几个戴着大口罩、穿着白色大褂的法医来到我面前，打开玻璃罩子，用一支粗大的注射器抽取我的体液。当注射器扎进我薄薄的水皮肤时，我感到一阵钻心的疼痛。

他们从我的胳膊、肚子、大腿和屁股等地方抽出了一管管棕黄色的、灰黑色的、青蓝色的液体，贴上了各种化学名称标签，呈送到大法官的案头。

大法官的眼前摆了一排五颜六色的玻璃管，那是我身份的证明？是我犯罪的证据？

我心里清楚自己中毒的原因，可是身体里的毒性在一点点发作，此刻已经感觉意识模糊，嘴里什么也说不明白。

大法官问："你认罪吗？"

我迷迷糊糊地抬起了头：

1. 我被押上了法庭

"我……不是，水巫……"

身后的水人们又喊叫起来：

"从你身体里抽出来的污染物已经证明了，你不是水巫是什么？"

大法官又一声惊槌："肃静！"

整个法庭一下子静了下来。

大法官说："法庭进行下一个程序，请律师进行法庭辩护。"

我迷离着混浊的双眼，环视了一下周围，呵呵，有谁愿意为水巫来辩护呢？

"有愿意为被告辩护的人吗？"大法官问。

这时，突然从后面传出一个银铃般的声音：

"我为羽辩护！"

2. 水精灵凝儿

我忍住脖子的剧痛,缓慢地扭过头去,看见从法庭后面轻盈地飘过来一个玲珑的身影,走近了才看清楚:

是水精灵!是凝儿!

全法庭的人也都认识她:

"水精灵!"

我好像闻到了一阵微风送来的馨香,我好像听到了花朵骤然开放的声音,我看到了凝儿像一个美丽的仙女,飘飘然神奇地站在了我面前。

我听见旁听席上的水人们开始交头接耳。

凝儿用她那白皙、鲜嫩的小手拉住了我的手,两只水汪汪的大眼睛注满了深情,另一只手心疼地帮我捋了捋脏兮兮的头发。

"他叫羽。"凝儿指着我告诉大法官。

"他不是水巫!"凝儿又转过身告诉法庭旁听席上所有的水

2. 水精灵凝儿

人,"他也不是水人……"

底下开始议论纷纷。

大法官敲了一槌:"肃静!"

凝儿环视了一下周围,又对大家说:

"这个男孩,并不是我们水世界的公民,他,本来是人类世界一个天真活泼的男孩儿。"

"噢!……"我仿佛看见面前的大法官和身后水人们的嘴巴一齐张成了"O"形。

"他有自己的爸爸妈妈,有宽敞明亮的教室,他喜欢足球,喜欢读书,喜欢冒险,喜欢幻想……"凝儿说,"是我一时淘气,把他变成了一个水人。"

"可是,可是,"大法官变得口吃起来,"你怎么能……他怎么会……"

凝儿又恢复了她跟我在一起时的调皮样子,歪着头对大法官说:

"因为我是水精灵啊!法官先生。水是地球上一切生命之源,人类和动物啊,植物啊,身体里都有很大的水的成分,所以我可以轻松地和他们融到一起,轻松地进入他们的体内。"

"哇!"法庭一片赞叹的声音。

"一头大象,"凝儿说,"它身体里百分之八十的成分是水,如果我带走它全部体液,那么大象会变成什么呢?"凝儿又发出银铃般的笑声,像一股细小的喷泉,洒向沉闷得让人窒息的法庭,"哈,它就会成为一张大象的照片。"

"哇……"

"那么,我也同样可以把一头老牛变成一张牛皮。"

"哇……"

"把一条鲸鱼变成一片鱼干儿,让它在天上像飞机一样飞……"

"哇、哇、哇!……"

水人们一下子都笑了起来，大法官也没忍住，笑得肩头一抖一抖，我好像能听到他体内水的流动声。

大法官说："你提起飞，让我想起了昨天晚上做的一个梦……"

整个法庭上的人都好奇地伸长了脖子看着他。

这哪儿像个庄严的法庭啊，大法官怡然自得地进入了另一个角色。

大法官说："我梦见自己不当法官了，我圆了小时候的梦，当上了一名飞行员！我开着飞机，好家伙！那是一长串儿飞机，像天上的一列火车……"

谁见过天上有串在一起的飞机？

大法官说："你们知道飞机上运的是什么吗？"

整个法庭上的人又整齐地摇摇头。

"我运的是玫瑰花呀！哈哈哈，去送给我远在国外的妻子……"

大家都咧嘴笑了起来。

凝儿也笑了，说："其实，法官先生，你运送的根本就不是玫瑰花，你是在给外国运送水呢！"

"哦？"大法官满脸不解。

凝儿说："跟人类相比，植物体内水的比重就更大了。你哪儿是在运花儿呀，你成为一个水的出口商了……"

在他们的玩笑声中，我的头脑逐渐清醒了一点，恍惚间又回到了不久前的课堂上，回到我还没有成为水人的那个时刻——

那是一堂作文课，老师在黑板上写下了作文的题目《假如我是……》

同学们表情各异，都开始开动脑筋，想象着自己准备模拟的角色。

"假如我是校长……"脑子里总是喜欢各种各样幻想的我，一边咬着笔杆，一边想——

2. 水精灵凝儿

那样我就不会让学生们每天都背着一座小山似的书包。

"假如我是老师……"我想——

那样我就不会给大家留那么多一辈子也写不完的作业。

"假如我是一块黑板……"我又想——

哈，那样我就会罢工，飞出教室，飞上天空，变成一朵白云……

真是胡思乱想！一块黑板怎么会变成一朵白云？

我抬起头来，望着窗外洁净如水的天空——对了，假如我此刻变成一朵白云，那就不用像现在这样规规矩矩地呆坐着，苦思冥想，头昏脑涨。不用每天一小考，每周一大考，可以无忧无虑地翱翔在无边的蓝天……

假如我是……一朵白云？哈，这是一个多么有诗意的题目！我赶紧抓住自己的思绪，把"假如我是一朵白云"这八个字写到作文本上，仰起头呆呆地望着窗外的天空。

天上真的有一朵洁白的云，在悠然自得地飘啊飘啊……

突然，我打了一个激灵，哦？怎么回事？我揉了揉眼睛，那朵白云越来越低，越来越近，竟从天上降下来，停在了教室的窗子外面，像扒在窗玻璃上往里看一样。还没等我回过神来，一大团透明的白雾一闪身从敞着的窗口挤进了教室！

追捕水座

白……云!

老师和同学们都瞪大了眼睛,惊愕得说不出话来。

白云在老师的讲台前翻了一个身,又慢悠悠地落在了我的脚下。

我也呆愣在那里,鬼使神差般地站了起来,跨出一步,踩在了云朵之上——那是一种被软绵绵地包在棉团中的感觉。更不可思议的是,那朵白云轻盈地升腾起来,在老师和全班同学的注视下,我和云朵一起飘出了教室……

3. 凝儿的魔法

　　飘在空中，我发现自己的体重在慢慢变轻，几乎失去了重量，身体也化成了白纱一样的东西，像天鹅绒般柔软，那是云。

　　我真的变成了一朵白云？这是一种奇妙的、从未有过的感觉，是一种彻底的解放和无限的自由。而且，我感觉自己正一点点离开那朵白云的身体，成为了另一朵飞在空中的白云，但是我们的手还牵在一起，是两朵手拉手一起飞翔的白云。

　　"我叫凝儿！"那朵白云花儿般翻卷出一张美丽女孩的笑脸。

　　"我叫羽！"我想象自己可能也会变幻出一张英俊的男孩儿的面孔。

　　"你好！"女孩轻摇着一头卷发，调皮地看着我。

　　"你是……"我甩了一下头，让自己尽量酷些。

　　"我是一个水精灵啊！"一串悦耳的笑声。

　　"可是，我怎么会变成一朵云？"我急切地问。

追捕水座

"这不是你自己的愿望吗?"凝儿歪着头,顽皮地拉着我的手,我俩乘风又腾起一个新的高度,"我在你教室的窗外看见你在写'假如我是一朵白云……'"

"那是我在写作文,是胡思乱想。"

"对呀,所以我帮助你完成了自己的理想。"

"那不是我的理想。"莫名其妙的云说,"再说这件事也太荒唐了,一个人怎么可以变成一朵云?"

"这是秘密哟……"那朵真正的云说,"人的身体里百分之七十的成分都是水,怎么不能把你变成水人呢?"

"有没有搞错?可我现在不是水人,我是一朵……云。"

"云也是水呀!"凝儿打断了我,一转身,突然加快了飞行的速度。

我吓得紧紧闭住了眼睛,只听耳边呼呼风响,像有人在遥远的地平线上擂响了沉闷的大鼓,鼓声敲打着我的心。空气的温度在慢慢下降,我知道,云在空中遇见冷空气就会变成雨。我感觉自己的体重在一点点增加,身子在急剧下坠,而这时,凝儿却松开了我的手不知去向了。

我惊恐地闭上了眼睛。

等我猛然睁开眼睛时,却被眼前的景象惊呆了:

3. 凝儿的魔法

我正飞腾在一条浪涛滚滚的大河上空，可是，大河的前方不知为什么被拦腰斩断，河水咆哮着一下子跌落下去，从悬崖断壁处直泻谷底。

我的身体已控制不住下坠的速度，越来越重，越来越快，终于支撑不住，像一匹脱缰的野马，一头扎进了浪花飞腾的瀑布之中。我眼前一黑，什么也不知道了……

等我醒来，已被冲到了大河的岸边。我揉揉眼睛，发现自己已变成了赤裸全身、通体透明的水人，身边放着一摞我在学校时穿的衣服。

我从地上爬起来，看着自己怪怪的样子，赶紧穿上了上衣，蹬上了裤子，这时才看见坐在离我不远处也同样变成了水人的凝儿。

凝儿穿着一身白色的泡泡裙，袖口和裙摆缀着蕾丝边儿，像一位水中的仙女，在河边梳理着长长的卷发。水倒映着她的影子，头发随着水波一圈一圈荡漾着。

"怎么回事，我们怎么又变成了水人？"

凝儿咯咯地笑着，用手撩起水向我身上扬过来。

我躲闪着，水点儿还是落在了身上。

我们俩坐在一个圆滑的大石头上，望着眼前的飞瀑，但见水

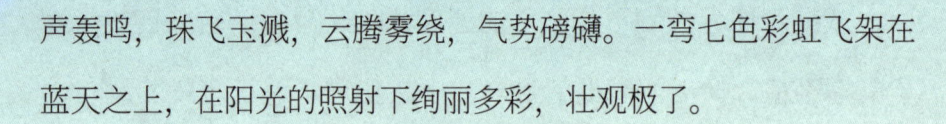

声轰鸣,珠飞玉溅,云腾雾绕,气势磅礴。一弯七色彩虹飞架在蓝天之上,在阳光的照射下绚丽多彩,壮观极了。

我问凝儿:"你今年多大了?"

凝儿反问我:"你看呢?"

"你这小丫头,"我露出不屑,"要是在学校,你应该在我的下班,五年级吧。"

凝儿摇摇头:"我已经记不得自己的年龄了。我想,如果地球的形成有四十六亿年的话,那么我就该有三十亿岁了吧?"

"啊?三十亿岁!"尽管我已经对凝儿见怪不怪,

3. 凝儿的魔法

但是当她说出她的年龄时，我还是惊呆了，"你……真的？"

凝儿看也不看我，点了点头。

"那，你为什么不老？"我不知说什么好了。

凝儿笑眯眯地看着我，说心里话，她的样子真美，我在学校里从来没见过这么美的女生。

"你真傻得可爱！"凝儿用手指卷着自己湿湿的发梢，"精灵是永远也不会衰老的。从生命的开始到现在，我在这个世界上轮回了多少次，已经无法记清楚了。我几乎走遍了地球上的每个角落……"

走遍了世界上的每一个角落？呵呵，我忽然想难难她："那，你去过威尼斯水城吗？"

"当然去过。那里的每一条大街小巷我都了如指掌——因为

我做过威尼斯城水世界的总督。"

"总督？就是说威尼斯城所有的水都归你管？"

"是啊，而且因为海水的循环期，那一任总督我做了二十五年。"

"哦……"我试探着问，"你也到过喜马拉雅山吧？"

"到过呀。去喜马拉雅山是一次旅游，我跟着白云旅行团，七天里无数次地登上了地球上最高的屋脊——珠穆朗玛峰。"

"哇！你真让人羡慕哎。这么说你也肯定去过南极了？"

"南极呀，哈哈，我在那里生活了将近九千七百年。那真是一段漫长的岁月……"凝儿的眼睛里又掠过一丝惆怅，"极地冰川的水循环时间是最长的了。那是一个冰雪世界，有一望无际的白色荒漠，是地球上最干燥、最寒冷、风力最大的地方。"

"可是那儿多好啊！有企鹅，有海豹，还有蓝鲸、鲱鲸和驼背鲸……"

"你见过它们吗？"凝儿好奇地问。

"没有。"我炫耀的是自己那一点点书本知识。

"你想见见那些动物朋友吗？"

"当然了。可是……"

"好吧，你闭上眼睛。"凝儿拉我站了起来。

3. 凝儿的魔法

"可是这里哪儿有啊？你不会捉弄我吧？"

凝儿咯咯笑着，对着我吹了口香气，我俩一下子腾空而起。那一刹那我们像被飓风席卷着，疯狂地倒转。我知道她又开始施精灵的魔法了。

我双眼紧闭跟着凝儿飞着，直到双脚着了地才敢慢慢睁开眼睛。

眼前的景色吓了我一跳：这是哪儿啊？冰天雪地，哈气成霜，漫天飞舞着鹅毛大雪。雪花飘落，像无数梅花凌空绽放。站在我面前的凝儿尽管还是穿着一件白色的长裙，但是她已经变成了一个洁白晶莹的雪人。

雪人的脸蛋白白嫩嫩的，她有一双蓝色透明的大眼睛，还有一张玫瑰红色的小嘴和一头波浪似的棕黄色长发。凝儿告诉我，之所以呈现出这些美丽的色彩，是因为极地的高山上有一种珍贵的彩雪，是由一种生命力旺盛的有色藻类在雪中繁殖形成的。

我被凝儿公主般的绝世美丽惊呆了。

再看自己，身体僵硬，竟一下子变成了冰人。头戴一顶华丽的冰冠，脚蹬一双透明的冰靴，腰间还佩了一把精致的冰剑。哇！我成了一个神气的冰王子……

凝儿的恶作剧使我俩相视大笑起来。

追捕水巫

更高兴的是，凝儿带着我疾行在冰面上，一一指给我那从没见过的企鹅、海豹和蓝鲸等，让我把南极的动物尽收眼底。看着她和它们亲热得如同多年未见面的老朋友，我羡慕得不得了。

太奇妙了，这真是一次难以忘怀的生命体验。

我打心底感谢这位神奇的凝儿，是她帮助我经历了这些自己根本想象不到的事情。尽管天寒地冻，我却觉得有一股暖流涌入了心中。我看着凝儿，她也快乐得无法形容。此时此刻，我相信，一份新鲜而又特别的友情已经在我俩心底悄然升起，后来发生的故事也证明的确如此。而头脑简单的我，无论如何也想象不到还会有更多不可思议的事情在前方悄然地等着我们。

凝儿不知道我在想什么，头也不回地对我说："你现在是水人了，一定要真正了解水，比如，应该知道水的特性和形态。"

3. 凝儿的魔法

我清了清嗓子，给她讲课似的说："我当然知道啊，请听好，水的化学式是 H_2O，就是说两个氢原子和一个氧原子构成一个水分子。不知道吧？化学元素真是个奇妙的东西，氢是最易燃的元素，氧也是助燃的元素，可是结合起来却变成不能燃烧的水了……"

凝儿笑了，说："你真是一个聪明的孩子。"

我不管她是夸奖我还是讽刺我，继续说："还有，生命吧，也是不可思议的。老师说，我们人类来到这个世界上，平均由七千万亿个游离的原子组成，有碳、氢、氧、氮，还有一点钙、一点硫，再加上一些很普通的元素，对了，是在任何药房都能找到的东西，这就是我们生命的全部组成。当时我举手问老师，要是把制造一个人的所有材料都拿出来——碳啊，氢啊，氧啊什么的，再加上百分之七十的水，放进一个大玻璃缸里，然后用力一搅和，里面能走出一个鲜活的人来吗？"

凝儿听了我的话，笑得不行："你这个家伙！"

我们俩又都大笑起来。

停了笑，我眼睛盯着凝儿，明知道自己有些傻乎乎，但还是问："你已经把我变成水人了，水的三态——气态、液态和固态，都带着我经历过了，以后我的生命也会像你一样永远轮回，长生不老吗？"

"水长生不老也是需要运动的啊。"凝儿的脸板了起来，拿出我刚才给她"讲座"的口气，"正如人们常说的'流水不腐'，要是不流动、不轮回，水也是会死掉的。还有，因为你们人类的愚蠢……"

"为什么说我们人类愚蠢？"我打断了她的话。

凝儿认真的样子十分可爱："其实，世界上的万物都有自己的灵魂：花草树木、山川土地、海河溪流，还有各种动物，大家都是地球母亲的孩子。可是，人类就认为自己是这个星球上的老大。他们的一切行为都是为了满足自己的私欲，所以他们经常肆无忌惮地破坏生态的平衡。"

4. 水巫女王

那是凝儿第一次问我:"你知道水巫吗?"

"水巫?不知道。"我望着凝儿那星星一样靓丽的眼睛。

这时,我俩又都变回了水人。

那是一个满天星斗的夜里,我俩坐在一座高高的山顶,身后是参天的古树,森林中有露珠滴落的回音,云朵如白色发亮的灵魂一样随风飘浮。

仰望着苍蓝色的夜空,我问:

"你说那颗最亮的星星上会有生命吗?他们会看到我们吗?"

凝儿说:"我也说不好,因为我也没有去过。宇宙实在是太大了,太阳系以外的任何一个星辰距离我们都超过三十万亿英里。空间浩瀚,地球也许是几百万个高等文明星球中的一个,但是任何两个文明星球之间的距离至少在二百光年。假如那里有生物用望远镜能望见我们,他们所看到的也只是二百年以前离开地

球的光。他们见到的也许是穿着长袍子、梳着大辫子、骑着马、挎着刀剑的人们……"

"哦……"我在想象着凝儿说的那种场景。

一颗流星拖着一条长长的尾巴从眼前划过。

"你带我到这个地方想做什么呢?"

"告诉你关于水巫的事情。"

"水巫是什么?"那时,我对水巫还一点都不了解。

"水巫是人类的逆子。"

"哦？我不明白。"

凝儿的头发在风中展开，如光滑的绸缎：

"我们水是地球上一切生命之源。可是当人类肆意地享受科学技术带给自己的满足时，由于贪婪，由于无知，他们不负责任地生下了一群叛逆、挖掘人类自己坟墓的怪胎：水巫。"

"水巫？水巫长什么样呢？"我还是想象不出。

"水巫也是水人。"凝儿说，"水巫是被人类产生的工业废水、农业废水和生活废水污染了的水人。他们所到之处，天不清了，海不蓝了，土地沙化，植物死亡。他们是破坏地球生态平衡、危害人类身体健康的超级杀手。"

"好吓人！他们都生活在哪儿？"我急切地追问下去。

"他们住在地球的各个角落，有的地方多些，有的地方少些，但是没有一个国家没有水巫。他们的队伍越来越大，他们的野心也越来越大，他们想统治和征服整个世界……"

"我的天！"

"你知道吗，地球上的水只有不断地循环和更新才能维持自然界的平衡。海洋是这个星球上最大的水库，每一天都有大量的水升腾到天空中去，形成云；云变成了雨回到地面；雨又汇成河流，再流回大海。这种周而复始的运动就叫水循环。水巫们一直在到处投毒，污染水源，破坏水循环。破坏了水体之间这种永不停息的运动，就会使世界上出现荒漠，出现洪水，出现干旱，出现灾涝……所以，水巫们也是全球'温室效应'的积极参与者。"

"那，我们怎么办啊？"

"地球上有一颗能够维护水世界平衡的水灵珠，那是一颗神奇的宝物，有了它，这个星球上的水就会永远清澈、纯洁、透明了。"

"哇，那真是太好了！可是，这颗神奇的水灵珠在哪儿呢？"

4. 水巫女王

凝儿的眼神掠过一丝惆怅:"现在还不知道在哪儿,人类的科学家在寻找,找到了它,就能战胜水巫;可恶的水巫女王也在寻找,她是想通过毁灭这颗神奇的宝物来报复人类。"

"水巫女王?……"

"所以这也是我把你变成水人的一个原因。"

哦,我似懂非懂,如同掉进了云山雾海里……

凝儿回过头问我:"今天我要带你去一个地方,让你见识见识水巫女王,你敢吗?"

"当然敢!"我正处于把一切冒险视为挑战的年龄,不知为什么非常想见见这位可恶的水巫女王。

凝儿压低声音告诉我,刚好今天有一个世界性的水巫会议要秘密召开,主持会议的是水巫女王,她是全世界所有水巫的头子。她没有国籍,没有一张固定的脸谱,她会千变万化,巫术十分厉害。她幽灵似的游荡在全球的每一个角落,策划、制造了世界上许多著名的水污染事件。

凝儿攥紧了拳头:"许多时候我也不是她的对手。"

"哦?这么厉害!"

当我们偷偷潜入水巫们开会的会场时,会议已经快要开始了。

会议室里坐满了来自世界各国的水巫，他们的穿着和人类一样，带着鲜明的民族和地区特色：

日本的水巫身穿宽袖、宽带、开襟、束腰的和服，脚蹬白色木屐。

朝鲜水巫上身穿嫩绿色斜开襟短衫，下身穿水红色鲜艳长裙。

印度水巫身披通到脚面不用裁剪的"纱丽"，额头点着红色的吉祥痣。

阿富汗水巫戴着那种把身子和头都裹得严严实实的大头巾。

非洲的土著水巫身上挂着一片一片的棕榈叶子，染着黑手黑脚和黑色的牙龈。

德国水巫穿着质地优良、款式考究的黑色燕尾服。

意大利水巫脚蹬卡龙波高贵皮靴。

印第安水巫脸上抹着红、黑、绿三色图腾。

法国水巫穿着时髦的品牌时装。

中国的水巫绾着发髻，穿着传统碎花丝绸旗袍。

……………

真是一个世界级的会议呀！

主席台上端坐着一个气质高雅的水巫，头上戴着一顶象征学识高深的博士帽，身上穿着一袭藏青色的博士袍。看不出她的年龄，也看不出她的国籍和民族。她就是统领全世界水巫的水巫女王吧？

要不是凝儿告诉我，谁能看出这些花枝招展、风情万种的女人和西服革履、衣冠楚楚的男人竟是肮脏污秽、恶贯满盈的水巫呢？

简直太可怕了……

来自全球各地的水巫们正在纷纷落座，认识的朋友在互相打着招呼或点头示意，我和凝儿也装扮成两个水巫，坐在会议室最后面的一个角落里。

水巫女王用手弹了弹主席台上的麦克风，宣布开始开会，她的声音尖锐又沙哑，使得麦克风发出一阵阵刺耳的噪音。

"地球是我们水的地球，世界是我们水的世界！"水巫女王抑扬顿挫地开始了她的演讲，"可是自从有了人类，这个星球就变得越来越不可爱了。他们砍伐森林，他们破坏环境，他们制造污染，他们引发了灾害，他们使这个美丽如宝石般的星球正在一步步走向灭亡！"

全体水巫站立起来，一齐呼喊："走向灭亡！走向灭亡！"

"是他们，把我们在座的和千千万万个原本清纯的水人，污染成了身患疾病的水巫！我们成了水族的败类，我们成了被地球唾弃的孩子，我们成了这个世界上可怕的魔鬼！"水巫女王激动地站起来，一把扯去头上的博士帽，露出满头脓黄的秃疮，面目一下子狰狞起来：

"啊哈，是人类污染、坑害了我们，可他们却说我们是害——人——精！这个世界还有道理可讲吗？啊？！"

我下意识地捂住眼睛，凝儿轻轻抓住了我的手。

水巫们有的扯下了头巾，有的撕开了上衣，有的拽掉了裙子，有的踢飞了鞋子，露出了黑灰、青绿、褐黄等各种颜色的皮肤。

水巫女王声嘶力竭地叫喊起来："我们要讨伐人类！我们要

4. 水巫女王

疯狂报复！我们宁可与他们同归于尽！"

所有参加会议的水巫又一次站了起来，举起拳头，齐声呐喊：

"同归于尽！同归于尽！"

我和凝儿趁混乱哈下腰，没有被他们发现。

水巫女王长长地出了口气，平复了一下情绪，说：

"在报复人类的行动中，我们出现了许许多多的先进人物，他们做出了许许多多的模范事迹，值得我们所有的水巫学习。今天，我们请来了几位大师级的代表人物，让他们给大家讲一讲自己的故事，有一些宝贵的经验可以互相学习，普遍推广。"

水巫们也开始放松下来。

水巫女王环视了一下全场，说："下面先请来自日本九州的乖脚丫子小姐给大家开个头吧，好吗？"

下面一片热烈的掌声。

5. 汞脚丫子讲的故事

一个身着和服、足踏木屐的日本水巫迈着细碎的内八字步风姿绰约地走上主席台,给大家深深鞠了一躬,谦卑地坐在了水巫女王身边。她轻轻咳了咳嗓子,慢声细语地说道:

我来自岛国日本的九州熊本,那里有蔚蓝色的天空和澄净透明的海水,我原来也是一个皮肤细嫩的海水姑娘,有着水瀑一样的长发,特别是,我长着一双修长白皙的腿和两只世界上最美丽的脚丫儿。我曾经是当地著名的"脚模特",我曾参加过国际脚模大赛并获得了冠军。这都是上个世纪几十年以前的事情了。

可是,自从在当地建起了一家氮肥厂,我生活中的一切就随之改变了。

有一次,我正在海里悠闲地游泳,忽见海水暴涨,从大海里冒出了一股冲天的水柱,水柱上坐着一个披头散发的魔鬼,他咆

5. 汞脚丫子讲的故事

哮着，一下子把我从水中抓起，扔到了岸上，只见他迈着巨大的步子走到了我的面前。

我看见，魔鬼通身像镜子一样明亮，我从他的肚子上能照见自己浑身发抖的模样。

"呵呵，这不是那位拿了世界冠军的脚模特吗！"他的声音金属撞击般响亮。

我吓得几乎说不出话来："是，是，请问您是？……"

魔鬼仰天大笑："你不认识我，我是人类创造出来的重金属——汞先生，也就是水银。哈哈哈哈！"

"可是，你为什么来到这里呢？"我壮着胆子问。

"是人类请我到这里来的呀。"他用手一指岸边不远处的氮肥厂，"那里是我的出生地，这里——"他又用大手往大海上划了一个大圈儿，"这里是我的新家！"

"这里怎么会成了你的家？"

"怎么，看来你很不高兴？"

魔鬼抓起我的双脚，把我倒着拎起来，说："你死到临头了还敢问东问西，告诉你，这片大海从今往后都是我的领域，我是这里的主人了！"

他把我重重地扔到岸边，我浑身酸痛，趴在地上爬不起来。

我哭着跪地求他:"尊敬的魔……不,汞先生,我们前世无怨,今世无仇,您放过我吧,把我放回大海,放我一条生路……"

魔鬼说:"我就是把你放回大海,你也活不了几天了。海是我的海,将来洋也是我的洋,在这里,你会慢慢变成我的同类的。哈哈哈哈!"

我不放弃最后的求生希望:"那您把我放到陆地上吧,我会好好报答您的大恩大德!"

魔鬼仔细端详了我一阵,说:"好吧,看在你是什么世界冠军的分上,我放了你,但是你要送给我一样东西。"

我说:"凡是我有的东西都可以送给您,先生。"

魔鬼说："好，那就把你的一双玉腿和两只美丽的脚丫儿送给我吧。"

我吓得大哭起来："那怎么可以，先生？"

"当然可以。我也是通情达理的，作为回报，我会给你安上一双假肢。"

我搂住自己的双腿和双脚，蹲在地上哭成了泪人。

魔鬼根本不听那一套，他用那金属一样的巨手一下子掰开了我的手，一只手握住了我的上身，一只手握住了我的下身，用力一拧，就把我的双腿拧了下来。

我疼得昏死过去……

等我醒来，发现自己的下身竟又长了出来。但可怕的是，我的双腿和双脚都变成了和魔鬼一样的颜色，透明锃亮，像一面能照见人的镜子。魔鬼真的给我安上了"水银假肢"。

我又一次哭昏过去。

等我再次醒来，活动活动自己的双腿和双脚，感觉也还灵活，皮肤和以前一样柔嫩，而且比以前光亮了，也就不那么悲伤了，甚至慢慢地有点喜欢起来。

说到这里，她把下身的和服撩了起来，脱掉木屐和袜子，露出了闪烁着莹莹银光的长腿和脚踝，而且还灵活地动了动细长的脚趾。

我怎么会这样？我也很不理解自己的感觉，那时我还不知道是因为魔鬼给我施了魔法，让我彻底改变了心境。更不可思议的是，我发现自己的双腿和双脚，竟一刻也停不下来了，控制不住地迈着碎步来回走动。

此后，我走遍了大海岸边，走遍了附近大大小小的村落。走到哪里都留下一行行晶莹的脚印，那是汞的脚印。

我不恨魔鬼，我恨人类。因为是人类创造了魔鬼！

海里的鱼儿陆续死去，有时候会漂起一片。我挎着竹篮子，捡满死鱼，脚步不停地送给各家各户。送完了这个村子，再去送另一个村子。

5. 汞脚丫子讲的故事

日子一天天一年年地过去了，村里发生了不可思议的事情：

家家养猫是村里祖辈留下的习俗，可现在猫们开始造反，它们先是整夜号叫，然后是互相撕咬，最后是排着长长的队伍上山，在山崖上集体跳海自杀，那场景极其惨烈！

天上的海鸥也出现了离奇死亡现象。海鸥正好好飞着，突然像被枪打中一样，直挺挺地掉了下来，有时候掉得满地都是。

最后出现异常的是这一带的人们。先是头痛，到处可以看到有人用头狠狠撞墙，真是痛不欲生啊！然后是大人小孩都开始掉牙，满村子的没牙姥，说话不兜风。最后是两眼斜视，抽风抖动，痉挛麻痹，并很快号叫着死亡……

后来我才知道，这是我不停地到处送鱼的结果。

猫吃了毒鱼，海鸥吃了毒鱼，人也吃了毒鱼……

全世界的科学家从四面八方赶来这里，进行诊断和研究，最后断定这是汞中毒。因为这里的地名叫水俣湾，所以人类把这种病叫作"水俣病"。

水巫女王带头给汞脚丫子小姐鼓掌，底下的情绪热烈起来，掌声如雷。汞脚丫子有些羞涩地站起来，再一次给大家深鞠一躬。

我现在最大的爱好是到全世界旅游。每到一地，我都和当地的汞先生、汞太太们加强联系，组织论坛、召开研讨会，共同商议、探讨如何对人类进行讨伐。我还在《世界水污染大观》杂志上发表了大量的论文，并被评为汞污染系列高级职称，我的朋友遍天下，我已经成为本行业的著名专家！

掌声热烈。水巫们拼命地鼓掌，眼睛里洋溢着激动的泪花。

"好，讲得非常精彩！"水巫女王说，"下面，请来自英国伦敦的杀人大王——烟雾女士做精彩的报告……"

6. 烟雾水巫讲的故事

任你怎么样想象，也想象不出走上讲台的烟雾水巫是一个杀人不眨眼的魔王，她一副有教养的贵族女士温文尔雅的气派，戴着黑色网纹面纱，使人根本看不清她的真实模样，但是能看到她的嘴角露出一丝慈祥的微笑。她声音很轻，像从遥远的天外飘来：

我原名叫雾，我有个姐姐叫云。我是空气中的水蒸气形成的微小水珠，我的姐姐也是空气中水蒸气形成的微小水珠，但不同的是，我身体的核心是细小的灰尘，它使我的体重要比姐姐大，所以，我从小就没有远大理想，没有远走高飞的愿望。

我和姐姐长得十分相像，简直就是一对孪生姐妹，当人们谈起我和姐姐的区别时总是说：云是天上的雾，雾是地上的云。

我喜欢在地面和低空生活。当暖湿空气流经较冷的地方时，我就穿着自己最喜爱的白色纱裙，迈着婀娜多姿的步子出现在人

们的视野里。有时游荡在城市的马路、公园，有时穿行于乡间的田野、村庄，有时飘浮在江河与湖面……

可是，当那一次生命轮回在英国的伦敦之后，我的命运被彻底改变了。

伦敦当地有一个无恶不作的流氓团伙，他们来自工厂的烟囱、汽车的尾气筒和居民取暖的废气管道。他们裸着红褐色的腹背，肩膀上纹刺着黑色的骷髅，像一个个面目狰狞的恶魔。

在一个漫天大雾的日子里，这伙恶棍绑架了我，肆意蹂躏我，我洁净的身子从此变成了和他们一样混浊的颜色。

我也被改了名字：烟雾。

烟雾水巫低下头，用手擦了擦面纱后面的眼睛，抬起头望着会议室的天花板，好像在深深地怀念自己遥远的少女时代……

6. 烟雾水巫讲的故事

我知道，他们这些恶行都应该归罪于他们身后的人类。

他们也是人类由于荒淫而生下的逆子。

我痛恨人类，我开始设计自己的报复方案。

经过深入细致的调查研究，请教气象专家，我把一个黑色的日子定在了公元1952年的12月5日。

我提前几天住进了伦敦的一家高级宾馆。

事不秘，则害成。为了不暴露身份，我女扮男装，穿上了厚厚的立领棉风衣，头上扣着一顶黑色礼帽，鼻梁上架着一副大墨镜，嘴上戴着宽宽的白口罩，胳膊也套上了长长的黑手套。

隆冬的伦敦，天气冷得异常，北风夹杂着雪花呼呼地吹着，刮在脸上刀割一样疼。我像个昼伏夜出的蒙面大盗，黑白颠倒，神出鬼没，行色匆匆，默默穿行于这座世界名城的大街小巷。我勾结那些曾经侮辱过我的流氓、地赖，让他们成为我这次行动的帮凶。

我先找到了他们的黑老大二氧化硫——一个凶神恶煞的魔鬼。伦敦的钢铁厂、硫酸厂、水泥厂、热电厂都是他的地盘。

二氧化硫一脸坏笑，他正到处流窜，无所事事，这件事正跟他不谋而合，他当然高高兴兴地答应了我的邀请，客串了这出戏的男主角。然后他又领我去找他的两个表弟：二氧化硅和氧化铝，任命那两个亡命之徒为他的副手。我知道，他们是伦敦有名的工业粉尘三兄弟。

我不辞辛苦，几天之内访遍了伦敦的每一根烟囱、每一辆汽车，每一家供暖设备，对他们都做了仔细严密的部署。

最后，我去找了云，我的姐姐，请她出马助阵。打仗亲姐妹，上阵父子兵，姐姐当然会同意为我报仇雪恨了。

一切安排妥当，就等着那一天的到来。

也真是天助我也！12月5日，整个伦敦上空都被停滞的高气压牢牢地控制了，地面上完全处于无风状态，气温低于空中。这正是我大显身手的时机，于是我在泰晤士河面一口接一口地开始吐雾，团团大雾顷刻间弥漫了整个伦敦。

我的姐姐也马上赶来，她把自己逆温的云层像一口铅锅似的重重地扣在了伦敦上空，阻止了地面废气的上升和消散。

伦敦所有的烟囱都不停地冒着毒烟……

伦敦所有的汽车都不停地排着尾气……

二氧化硫、二氧化硅和氧化铝三兄弟带着他

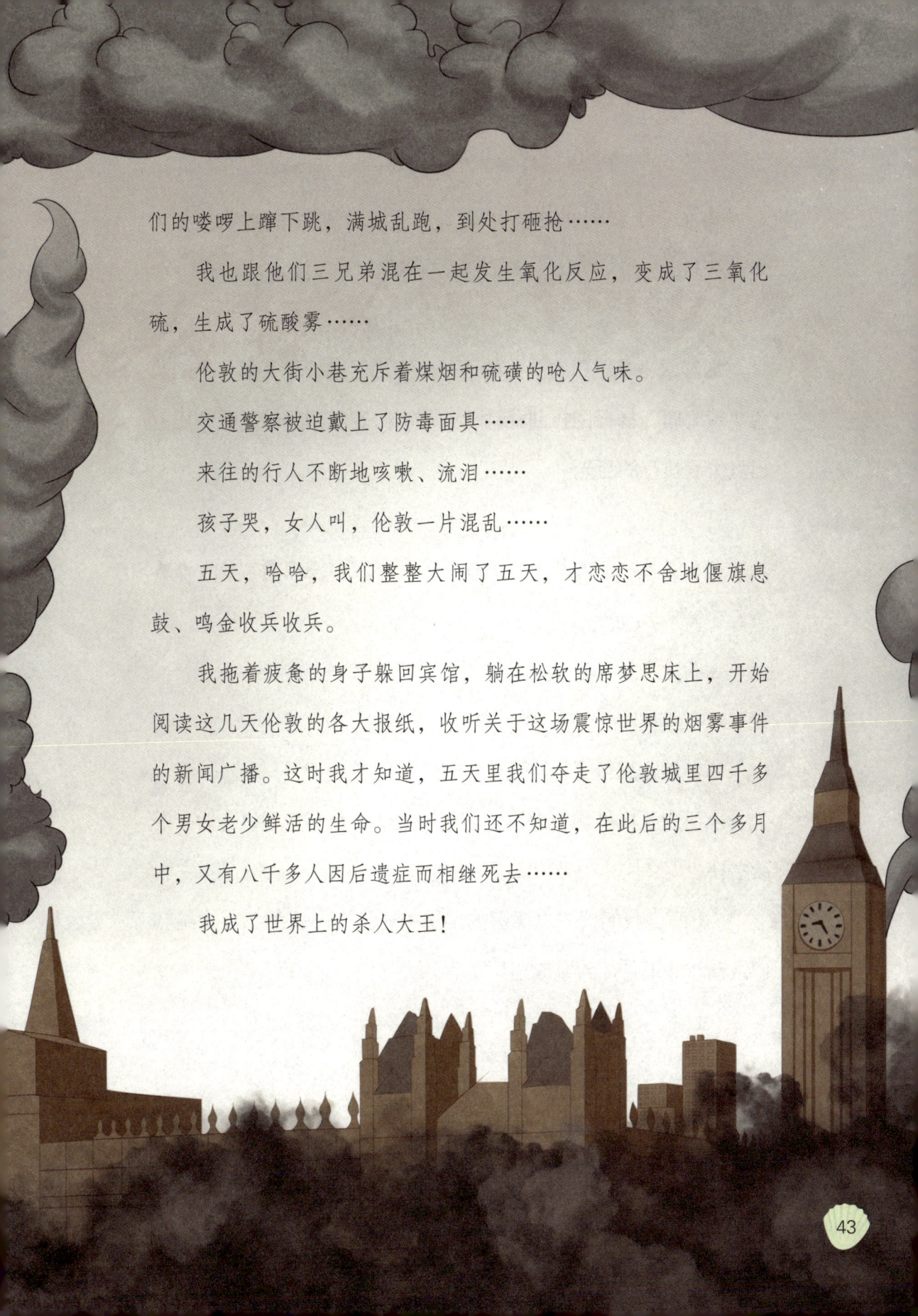

们的喽啰上蹿下跳，满城乱跑，到处打砸抢……

我也跟他们三兄弟混在一起发生氧化反应，变成了三氧化硫，生成了硫酸雾……

伦敦的大街小巷充斥着煤烟和硫磺的呛人气味。

交通警察被迫戴上了防毒面具……

来往的行人不断地咳嗽、流泪……

孩子哭，女人叫，伦敦一片混乱……

五天，哈哈，我们整整大闹了五天，才恋恋不舍地偃旗息鼓、鸣金收兵收兵。

我拖着疲惫的身子躲回宾馆，躺在松软的席梦思床上，开始阅读这几天伦敦的各大报纸，收听关于这场震惊世界的烟雾事件的新闻广播。这时我才知道，五天里我们夺走了伦敦城里四千多个男女老少鲜活的生命。当时我们还不知道，在此后的三个多月中，又有八千多人因后遗症而相继死去……

我成了世界上的杀人大王！

我在床上操起电话，打给二氧化硫，我们在电话里狂笑起来……

烟雾水巫扯下罩在头上的面纱，露出了她的真实面目。她脸色灰黄晦暗，像一团扭曲翻动着的烟雾，她表情狰狞，眼睛里射出复仇后快意的目光。

这就是我一手导演并亲自演出的一场震惊全球的"伦敦烟雾杀人"惨案。

谢谢大家！

当然她也赢得了一阵长时间的热烈掌声。

水巫女王向她颔首致意，客气地把烟雾水巫送下讲台后，继续主持会议：

"下面，我们请来自德国的'空中死神'——酸雨太太给我们做精彩的报告。大家欢迎！"

7. 酸雨水巫讲的故事

　　酸雨水巫身穿一件华丽的长裙，露出瘦削、白皙、娇嫩的双肩和长长的颈项，十分苗条纤弱。她款步扭腰走上讲台，细声细语地开始发言：

　　我本来叫雨，因为和世界上许许多多女人一样，出嫁后便跟随了丈夫的姓氏，所以人们才叫我酸雨。

　　是的，我先生姓酸。

　　其实先生不单单是某一种酸，他是个混血儿，他的身体中混合了大气中二氧化碳、二氧化硫、硝酸等多种成分。所以他长得高大威武，英俊潇洒，而且多才多艺。

　　酸雨水巫扫视了一下在座的水巫们，柔和的眼神里掩饰不住内心的爱慕之情和幸福的感觉。

追捕水巫

我们的第一次见面就充满了浪漫的爱情气氛,我一下子就深深地爱上了他。

那是在阳光娇媚、湖水潋滟的岸边,我的教母把一只精致的香水瓶递给我,慈祥地望着我,说:"这真是天赐的良缘!你要好好珍惜哦……"

教母走后,我莫名其妙地看着这个玲珑典雅的香水瓶,以为这是情人托她送给我的定情礼物。可是他为什么不亲自送到我手中呢?难道他是一个羞涩的男孩?

我满腹狐疑地拧开了瓶盖,忽然从瓶里飘出一缕青烟。青烟先是轻缓地旋转着上升,后来速度越来越快,体积越来越大,顷刻变成了一个顶天立地的烟雾巨人。他的头硕大无比,迎风飘动的头发像滚滚浓烟,灯笼一样的眼睛布满了血丝,直勾勾地看着

7. 酸雨水巫讲的故事

我,山洞似的大嘴里满是锯齿般的獠牙……

巨人哈哈大笑起来,声音像天上的炸雷:

"你好啊!我亲爱的夫人。"

我被惊得说不出话来。

巨人用铁叉般的大手一把把我抓起来举到空中,凑到眼前仔细端详了一阵,说:"美人,我们马上到教堂成亲吧,啊?!"

哇,真是太有男人味儿了!我瘫软在他的掌心……

我们一起甜甜地度着新婚蜜月,形影不离地到世界各地快乐地旅行,足迹几乎遍布全球,幸福极了!

我们每到一个地方,便合作下起酸雨。

所谓酸雨,就是被污染了的大气与雨水的完美结合,那是一种复杂的大气化学和大气物理现象。

我们在天空中追打着,嬉闹着,开始比赛下五颜六色的酸雨:

他在撒哈拉沙漠卷起沙尘,于是就下了猩红色的恐怖的"血雨";

我从花圃里采集花粉,然后研究出了令人吃惊的黄雨;

他吃了一肚子煤尘,开始下令人讨厌的黑雨;

我携带起各种各样的粉尘,然后酿出了牛奶一样的白雨……

追捕水巫

不管什么颜色的酸雨，所到之处，河海中毒，鱼虾死亡；土壤腐蚀，植物枯萎；渗入地下还能把深层的水质污染……

为了证明自己的破坏能力，我们还到埃及金字塔去腐蚀狮身人面像，去北京的故宫腐蚀汉白玉石栏杆，去罗马腐蚀古代建筑遗址……

我们使整个世界陷入悲惨狼藉。

你别看巨人一副凶神恶煞的样子，他在我的怀里却变得像温柔的小猫。因为他易溶于水，只有我才能让他生成具有破坏性质的酸雨。他对我简直是俯首帖耳，唯命是从，我们是世界上最完美的一对儿死亡夫妻……

我们开始酝酿一个更大的计划。

这个念头是由我们在报纸上看到的一条信息而引发的：

> 一份最新的联合国报告显示，其实世界上的10.5亿头牛才是全球温室效应的最大元凶。牛打嗝放屁排放的二氧化碳占全世界二氧化碳总排放量的18%，超过了人类汽车、飞机等交通工具的二氧化碳排放量总和。牛屁和其他排泄物中包含100多种污染气体，其中氨的排放量占全球总量的2/3，而氨就是导致酸雨的原因之一。

7. 酸雨水巫讲的故事

看完这则消息，我们俩高兴得跳了起来，连连击掌。

巨人连日作战，身体有些虚弱，需要补充大量营养。于是我们一拍即合，决定到各地农场去收购牛屁。

我们俩各背一个大大的装屁口袋，来到澳大利亚的一个养牛场，看见成百上千头黑色的、黄色的、花色的牛正在悠然自得地吃着青草。

巨人喊过来一头大个头黑牛，大声问：

"喂，有屁吗？"

黑牛瞪着圆圆的大眼珠，不解其意。

"老兄，给放几个屁好吗？"

黑牛说："我放不放屁关你屁事啊！"

巨人恼了："我给你钱，买你的臭屁！"

黑牛说："屁有的是，可是我凭什么给你放呀？"

巨人不耐烦了："别废话！卖不卖吧？"

黑牛也来了犟劲："不卖，就不卖。有钱难买我不卖！"

"哎，你个死脑筋！咋这么倔呢？"

巨人气得满脸通红，一下子高大起来，像抓小鸡一样把黑牛拎在空中。

黑牛在空中又踢又蹬，吓得哞哞直叫。

49

追捕水巫

这时我走上前来,喝住巨人,让他放下黑牛。

我说:"我们是太平洋牛屁收购总公司的,这次是专门来高价收购牛屁的。"

黑牛惊魂未定,虽然还是懵懵懂懂,却一下子软了许多,连连说:

"我放,我放,我一个钱也不要,白给你们放还不行吗?"

巨人说:"早这样不就好了!"

我俩站在黑牛后面,撑开大口袋,做好了接屁的准备。

黑牛回头看了一眼我们的架势,便叉开四条腿,开始运气。他脸憋得通红,肚子一鼓一鼓,两条后腿开始颤抖……

突然,黑牛铆足了全身力气,放出了一个世界上最大最大的臭屁——

这个屁,声如天崩地裂,力如排山倒海,把巨人崩得噔噔噔

7. 酸雨水巫讲的故事

倒退了十几步，一座小山似的仰面倒在了地上。

我当时也两眼一黑，顿时没有了知觉……

等我们醒来，牛们好像根本没这么一回事似的还在吃草，我们装屁的口袋也不知飞到了何处。

我抹了抹喷在脸上的牛屎星子，看到巨人还坐在那儿翻着白眼。

我们就这样一个国家一个国家地走，一个农场一个农场地收集，一头牛一头牛地说服。后来我们想通了，这得弄到猴年马月？于是我们换了一种打法，让全世界的牛都能自觉自愿地、高高兴兴地来给我们献屁，而且一个钱也不用我们花。

那就是：我们搞了一个世界级的牛屁大赛。

我们在世界各地的广播电视和其他新闻媒体上发布广告，宣传这次大奖赛的各项规则。你不用担心广告不可信，只要你给钱，他们就会尽心尽力地为你大肆宣扬；你也不用怀疑事情本身的荒诞，世界上有卖当的就有上当的。

因为大赛的一等奖是到非洲热带纳格兰草原去旅游,请吃那里雨季最鲜美的嫩草,所以全世界的牛简直都疯了,几乎每头牛都报了名。

纳格兰草原的嫩草?那只是听说过的美味呀!牛的爷爷的爷爷也从来没有过那样的口福啊……

这么多的牛参赛,你想想,就是按国家分赛区,也得赛个十年八年!

我们到世界各地去主持牛屁大赛,收集了好多的牛屁。同时,我们也捎带着收购城市里的汽车尾气和工厂烟囱的废气。

巨人的身体吸收了多种营养,恢复得很快,棒得像……像什么呢?世界上没有什么可以比喻他现在这种棒的程度了……

所有的准备都已经完毕,我们开始实施设计的方案。

我们攻击的目标是德国境内的全部森林。

德国一直是全世界酸雨的输出国,这次想让他们出口转内销。

为了更有把握,我又去请来了表姐酸云和表妹酸雾,她们是破坏森林的最好的杀手。她们在高山地区云缠雾绕,由于没有水的稀释,酸的浓度更高,杀伤力更大。她们掠过森林的上空,树枯叶落,树木成片死亡,可真是满目苍凉,惊心动魄。

7. 酸雨水巫讲的故事

我们每次行动，都请老北风给我们强有力的帮助。我们借着风势跑遍了德国、波兰和前捷克被人们称为"黑三角"的大片地区，我们是没有国界的自由公民，我们可以在天空中随心所欲！

我和巨人从东往西，表姐表妹从南往北，拉起手来了个铁壁合围。我们边跳圈边唱着自己作词谱曲的新歌：

哗啦，哗啦，下酸雨啦！
哗啦，哗啦，下酸雨啦！
大树说：下吧下吧，我光杆啦……
花朵说：下吧下吧，我不开花……
鱼儿说：下吧下吧，我要自杀……

最后，我们在全世界又创造了一个奇迹：几天之内摧毁了德国全部森林的一半。

更值得骄傲的是，德国总统亲自把一块金字牌匾挂在了我家门前，上面写着：

"森林死亡纪念馆"……

水巫们长时间热烈鼓掌。

53

8. 拯救婴儿

水巫女王对着沸腾的会场压了压手：

"大家都知道，人类刚刚在哥本哈根召开了一个世界气候大会，主要议题是如何减少二氧化碳的排放，应对全球'温室效应'问题。一百年来，因为他们无节制地向空中、水中、土壤中排放大量污染物，致使到 21 世纪末，地球表面的温度即将上升 4°C！哈哈！4°C 说明什么呢？说明地球上将会有更多的土地沦为沙漠，极地冰川因温度的升高而全面融化，冰川融化会导致海平面上升，海平面上升会使许多海滨城市淹没。地球上大部分地区会因为缺乏淡水而面临生存危机，人类会因为争夺水资源而发动战争，自相残杀。

"他们把这次大会称作是'遏制全球变暖，拯救人类生存的最后一次机会'，大家说，我们能给他们这个机会吗？"

水巫们顿时疯狂起来：

8. 拯救婴儿

"不给！不给！不给！！！"

"这都是他们无休止地生产和使用汽车和空调而产生的恶果。汽车尾气和氟利昂这两个人类宠爱的宝贝儿子是温室效应最大的杀手！他们把全世界的汽车和空调串通起来，成立了'黑色联盟兄弟会'，把南极和北极的臭氧层捅出了两个大窟窿。

"谁都知道，臭氧层曾经被人类自己誉为'人类生存的保护伞'，失去这个'保护伞'，地球将受到紫外线的强烈照射，人类和大部分物种将难以生存。现在，人类自己捅漏了自己的保护伞，活生生的事实就摆在他们面前：在智利南端，河里的鱼成为瞎游乱撞的'盲鱼'，喜欢游荡的羊群因为患了白内障而呆头呆脑，活蹦乱跳的兔子因为眼疾而躲在洞里，自由飞翔的鸟儿也因双目失明而迷失方向……

"很快我们就将看到，人类也成为摸索着行走的盲人啦！哈哈哈！"

下面的水巫们也呼号着狂笑起来，高兴得手舞足蹈。

"我们还有另一个盟军——昆虫帝国的'蚊子诅咒教派'，蚊子的科学家们正在争分夺秒地研制和培育新病毒品种，什么'疟疾2号''21世纪登革热''新版西尼罗河病毒''酷脑炎'和'Q款黄热病'等，就等着地球继续变暖，它们将首先登陆

欧洲大部分国家和美国大陆，然后进军全球，给人类生存致命的一击。

"我们呢，"水巫女王扫视了一下会场，"我们全世界的水巫当然也不甘落后啦，我们也是这次行动的主力军！我们的任务是破坏地球上水循环的平衡，造成气候上的不可逆转。我们要策划更大、更多的龙卷风、暴雨、洪水、干旱、饥荒……加速人类的灭亡！

"人类施加给自然的破坏，自然最终必然会如数归还给人类！这是哪位哲学家说的我记不得了。"

"太有才啦！"

"女王万岁！"

会场一下子沸腾了，全体水巫嘶声号叫着，把围巾、袜子、手帕、帽子都扔向空中……

"好啦，我们开始进行会议的下一项内容：为了提高在座诸位的业务水平和能力，我们今天进行一次人类活体实验，让大家开开眼界，增长增长见识。"

水巫女王挥了挥手，几个水巫喽啰从主席台后推上来一长串婴儿车。在这些五颜六色的婴儿车里，或躺着或坐着鲜嫩嫩、白胖胖的人类婴儿。有男孩儿，有女孩儿，他们天真可爱，有的抱

着皮球，有的搂着布娃娃，有的嘴里含着奶嘴儿，发出稚嫩的咿咿呀呀声。

1、2、3、4……我数了一下，一共十个婴儿。

我紧张得有些发抖，凝儿在底下紧紧攥住了我的手。不知道凝儿是否也很紧张，她的手凉丝丝的，有一种水流动的感觉。

水巫女王沙哑的声音又响了起来："用人类自己的话来说，孩子是他们的未来，是世界的希望。所以，我们当然也该关注这些世界和人类的未来呀，哈哈哈！"

水巫女王笑起来像魔鬼一样狰狞。

婴儿们睁着好奇的眼睛，看着台下这些妈妈爸爸一样的女人和男人，笑得花儿一般灿烂，有的还咯咯地笑出了声。

水巫女王对着台下问："铅老头子在吗？请到台上来。"

"在！"从下面步履蹒跚地走上来一个年老水巫，站在了排头婴儿的后面。

"你老人家可是高寿了。人类在几千年前就发现了你，你是陪伴人类生活最早的金属之一了。你对他们的后代下手，会是什么样子呢？"

"嘻嘻，我亲爱的女王，我会让这些小傻瓜变成真正的大傻瓜，我会钻进他们的神经系统和血液系统，损伤他们的记忆，破坏他们的思维，让他们慢慢变成痴呆儿。人类形容谁痴呆就说谁'脑袋灌了铅'，我让他们慢性中毒不也是让他们脑袋灌铅吗？"铅老头子水巫撸起衣袖，露出青筋暴突、瘦骨嶙峋的胳膊，从很远处便能看出他血管里流动着的是铅灰色的血液，"我现在要是把我的血液注入这个婴儿体内，未来他将是一个两眼呆滞、口流涎水的弱智人……"

"哈哈！好。下一位，请镉老太婆上来演示一下。"

一个弯腰弓背的水巫走上来，站在了第二个婴儿身后。

"从1817年德国著名教授斯特罗迈尔先生发现你到现在，近二百年时间里你是一个风云人物。生产不锈钢、电镀、雷达、电视机荧屏都离不开你，甚至还在航空、航海上用途很广。但当你被污染成水巫后，你报复人类的行动是什么？又期望达到什么样的目的？"

镉老太婆双手颤抖地抱起她面前的婴儿，眼睛里射出一道金属般的白光，声音粗鲁而阴沉："人类还不知道，我帮他们灌溉水稻，大米中会留有致命的毒素，我会潜入他们的骨骼，使他们骨质软化、疏松、变形，让他们骨痛难忍，不能入睡；让他们打个喷嚏都可能使身体多处骨折！沦入我的手里，这个可爱的小家伙最终就是一个废物！"

8. 拯救婴儿

"精彩，十分精彩！"水巫女王又开始喊下一个：

"请氟小姐到前面来。"

氟水巫迈着模特步一扭一扭地走了上来，不等介绍便高声大嗓地喊了起来："我要污染他们的水源，我要让他们的身体变形，让将来的人类都成为驼背！到那时，全世界的小镇都是驼背小镇，省是驼背省，国是驼背国！让他们永远站不直，躺不平，让全人类都拄着拐杖，让他们一辈子看不见太阳！哈哈哈……"她尖尖的手指伸向一个婴儿车，笑声让整个大厅发颤。

全场水巫们都怪笑起来。

接着，水巫女王又开始点将，把一群牛鬼蛇神都叫到了台上。

…………

整个讲台上群魔乱舞。

"好啦！你们都是理想远大的水巫！现在我们就开始做活体实验。请各就各位，亲爱的女士们先生们，开始吧！"水巫女王下达了命令。

讲台上的水巫都拿出注射器，开始抽自己被污染过的五颜六色的血液。

我和凝儿交换了一下眼色：该是我们出手的时候了！

追捕水巫

这时，水巫女王开始大声喊："听我的口令：1，2……"

没等她的"3"喊出口，我和凝儿猛地站了起来，大吼一声："住手！"

这突如其来的一声叫喊使水巫女王大吃一惊。

水巫们也一下子愣在了那里。

就在他们惊愕的一刹那，我和凝儿已经跳到了台上。

凝儿推开十个婴儿车，我挡在了水巫和婴儿中间。

水巫女王一下子认出了凝儿，嘶喊道：

"水精灵！快，抓住她！"

水巫们一窝蜂地扑向凝儿，我奋不顾身地扑过去用身体挡住了凝儿。

只见凝儿迅速向婴儿们长吹了一口气，奇迹出现了：

凝儿自己先变成一朵白云，十个婴儿也立刻变成了十朵小小的白云，跟在凝儿身后，手拉着手扯成了串儿，像一列小火车在屋顶上飞了起来。

水巫们个个愣在那里。等缓过神来，又一下子都朝我扑来。

8. 拯救婴儿

凝儿的"火车"还在棚顶上一圈一圈地飞着,她是在担心我。

我大声喊:"不要管我,快走!"

凝儿无奈,只好带着十个孩子飞出了窗子……

穷凶极恶的水巫们扑向我,我被他们扑倒在地,他们对我抓挠着,撕咬着,一支支针头插进了我的肩头、后背、大腿……

门外传来警车的吼叫声,水巫们一哄而散……

9. 大法官的判决

　　我想现在你该听明白了吧，就这样我在昏迷中被警察抓捕，然后又被送到了水世界的法庭。可是，水巫女王和参加会议的所有水巫却在混乱中逃得无影无踪……

　　凝儿讲完了我们的故事，法庭上一片寂静，连我的一滴汗珠掉在地上都能听得清清楚楚。我虽然全身酸痛，头脑里像装满了糨糊，但还是在努力坚持着。

　　大法官干咳了两声，说话明显有些语无伦次："哦……是啊，羽本来就不是水巫嘛，但是……但是后来也成了水巫了嘛……因为水巫的界定就是被污染了的水人嘛。所以这个，所以这个案子……"

　　法庭下面一片议论之声。

　　"肃静！"大法官慢慢理清了思绪，又恢复了自己在法庭上的威严。

9. 大法官的判决

法庭一下子静了下来，凝儿站在我身边，她的手紧紧拉住了我的手，我明白她是让我坚定信心。我的意识真的在逐渐模糊，甚至产生了幻觉。我感觉凝儿的手好柔、好软，使我一下子想起了上辈子的童年，我的小手被母亲握在温暖的手里，她给我哼着轻柔的摇篮曲……

旁听席上的水人们也都纷纷站起来，好奇地听着大法官的判决结果。

大法官闭着眼睛思索了片刻，脸上露出古怪的笑容，说："这是一个特殊案例，本法官决定用特殊形式裁决，那就是：让被告自己给自己'定罪'！"

下面哄笑起来，古今中外谁听说过自己判自己罪的呀？这个法庭可真是好玩啊！

大法官自己也像个孩子似的拍着手跺着脚大笑起来，当他意识到自己的失态时，马上收起了笑容，清了清嗓子，一本正经地问道：

"羽，你认为自己有罪吗？"

我抬起头，用手抹了一把额头上的汗珠，尽可能大声地说：

"有！"

下面再次轰动起来，我的回答使全场人感到意外。

追捕水巫

大法官也不解地嗫嚅着问:"你是说……"

我的口齿此时此刻却异常清楚起来:"我恨自己……没能捉住水巫女王,我有罪……"

凝儿在下面又紧紧攥了下我的手。

大法官一字一句地对大家说:

"羽是个见义勇为的好孩子,为了拯救人类的婴儿,他奋不顾身地同水巫们做拼死的战斗,他不但无罪,而且是个少年英雄!"

法庭上响起了雷鸣般的掌声。

大法官走下审判台,轻轻地抚摸着我的头发,很深情地问我:

"羽,你还有什么想法?"

"追捕——水巫——女王!"我斩钉截铁地说。

大家又把热烈的掌声送给了我。

大法官说:"好,羽是好样的!在他变回人类之前,会成长为一个真正的男子汉,成为一个敢于与水巫斗争的勇士。我同意从现在开始,让凝儿帮助他一起去追捕水巫女王……但是当务之急是,在他意识还没有完全消失之前,马上采取措施,让他恢复水人洁净的身体。"

凝儿高兴地跟我击掌欢呼:"耶!"

9. 大法官的判决

大法官接着说："要想把你变回原来的样子，需要由凝儿带你走过三道魔门——也是污水处理厂的三道工序，它们能澄清你的身体。"

"至于追捕水巫女王，"大法官从他的审判台下拿出一把精雕细琢的宝剑，他左手握住剑鞘，右手抽出了宝剑，只见宝剑寒光闪闪，锐气逼人，"这是本法官送给你的护身武器。带上它，你就是一个英勇的现代武士了。你要穿过一道沙漠死亡地带，到水王国水的三种形态里削掉水巫女王的三颗头颅，然后你就能拿到应该属于人类的宝物——水灵珠了。你担负着建设人类美好未来的神圣使命！"

法庭下又一次响起暴风雨般的掌声。

大法官最后宣布："此宣判从现在起生效。退庭！"

10. 我当上了国王

驾着阵雨，我和凝儿飞翔在杳无人烟的茫茫沙漠之上。

凝儿刚刚带着我走过了三道魔门：第一道魔门叫作"物理门"，通过了过滤、沉淀、离心分离等几道关口；然后进入第二道"化学门"，通过了中和、氧化、还原、分解等几道关口；最后进入了第三道"生物门"，用微生物对体内的有机物进行氧化、分解和新陈代谢。过了三道魔门，我感觉自己的头一下子清醒了，浑身也不酸痛了，身体里的污水渐渐地澄澈起来，我又成为一个干净又轻盈的水人了。

耳边狂风呼啸，头上黑云压顶。巡天遥看，满目黄沙，赤地千里，一片荒凉。阵雨老兄不喜欢到这样的地方来，他仅仅是为了完成任务，把我们送到此行的目的地——一个几乎被沙丘淹没了的古城门前，我们刚刚站稳脚跟，这个家伙就已跑得无影无踪，甚至不愿意多浪费一个雨点。

10. 我当上了国王

为了追捕水巫女王，我们必须穿越这个冥冥沙漠的死亡地带。为了穿过这个死亡地带，我和凝儿都全副武装，换上了一身能保护水人身体的行头：我是全身铠甲，头顶银盔，脚蹬厚底长靴，腰间悬挂着大法官送给我的那把武士长剑；凝儿是一袭长袍，像阿拉伯女人似的用头巾把脸包裹得严严实实，只露出两只水灵灵的大眼睛。

我俩还未定神，就被眼前毛骨悚然的景象惊呆了：

土城的城门前，站着一群人的骷髅骨架，在风沙中保持着极目眺望的造型，可是当他们看见我俩从天上落下时，却一下子活动起来，变成了活生生的"骷髅人"。

站在前排的那个骷髅老者拿掉遮在额前的手骨，空洞洞的眼眶中射出了大喜过望的神情，嘶哑着嗓子大声喊道：

"国王回来了！王后回来啦！"

国王？王后？

全体骷髅人都跪在地上，齐声欢呼：

"迎接国王陛下！迎接王后陛下！"

他们的声音干涩沙哑，如同风吹散沙。

我和凝儿都怔在那里，不知如何是好。

骷髅老者走上前来，抱拳参拜道：

追捕水巫

"自从国王和王后出去找水,掐指一算,已过千载,老臣们一直等在这城门之外,千年风吹日晒,已经把我们的血肉之躯风化成了森森白骨。如今紫气东来,鸿运天至,国王和王后胜利归来,乃我楼兰之天大的喜事!"

哦,楼兰?原来这就是闻名世界的古国楼兰?

楼兰是几千年前的"城郭之国",是西域三十六国之一,丝绸之路以此分为南北两道,此地是东西方经济和文化交流的枢纽和军事重镇,也是当时世界上最开放、最繁华的大都市之一。可

10. 我当上了国王

惜岁月无情，苍天无眼，现在没落成了这个样子……

我解释道："我们是……"

骷髅老臣道："看国王和王后的天容，满面红光，水嫩晶莹。千年归来，必有大获，实为我楼兰之鸿福。"

"我们是……"

不等我说话，骷髅老臣高声喊道："请国王和王后起驾回宫！"

四个骷髅人抬着一顶黄杨木架、红柳围编的豪华轿子停在我面前，把我和凝儿扶上了轿，我们被一群骷髅人前呼后拥地抬进了城门。

这时我才看清楼兰古城的全貌：土围的城墙、城垛只剩下残垣断壁，残破了的飞檐斗拱让人还能想象出当年城楼的雄伟和威

严；厚厚的黄杨木城门被风蚀得千疮百孔，那黄杨树是一种生命力极强的树种，被誉为生千年不死，死千年不倒，倒千年不朽的植物，现在也被风沙剥蚀得面目全非；城内街巷错落有致，道路纵横，叠铺着一层层浅浅的黄沙；土建的亭台楼榭久经风化还依稀可辨，有的已经坍塌成一片废墟；一条古运河作为中轴线贯穿全城，可是现在只剩下了龟裂的河床，轿子走上石桥，我们能看见河床里摇头摆尾地游着许多鱼的骨架，细看还能看到有的大鱼正在吃小鱼，小鱼从大鱼的口中进入，再从大鱼的肋骨中钻出；天空中飞翔着各种小鸟的骨架，细听能听到翅膀扇动时骨架摩擦的声响……

这些景象难道是我眼花所产生的幻觉？

城中，一个首尾相接的驼队——其实也是骆驼骨架队伍，驮着成捆的丝绸（丝绸已经被风蚀得看不出色彩和花纹，破蛛网般挂在骆驼的肋骨间），伴着叮咚作响的驼铃声，艰难缓慢地跋

涉着，绕着城墙行走，看来几千年都没能走出这座废城。驼铃声闷哑、锈蚀，听起来十分苍凉恐怖……

难道这是最后一批撤离楼兰的驼队？

由于孔雀河、塔里木河等所有河流断水，致使被誉为沙漠明珠的罗布泊变小甚至消失，楼兰人不得不痛心地告别这座千年古城，离开自己心爱的家园。当年，他们弃城上路时这里一定是风沙滚滚，天昏地暗，飞沙走石，埋天葬地。我好像看见了他们用那凄然、无奈和令人心碎的目光，回望着这座混浊模糊的泥土城池……

这一走，就走了几千年，是不是由于眷恋故土，驼队最后还是没能走出这死亡的王国……

一群赶驼的骷髅人看见我们的轿子过来，一排排地跪在地上，浑身骨节喊嚓作响，他们俯身叩首，沙哑着声音高喊："国王陛下万岁！王后陛下万岁！"

我看了一眼身边的凝儿，正好与凝儿的目光相遇，凝儿赶紧低下了头，脸儿微红，可能她是因为自己莫名其妙地当上了什么

"王后"而害羞吧。

看来这出戏只好这样唱下去了。

我们被抬到了一座千疮百孔的王宫，坐在了国王和王后的宝座上，骷髅老臣给我和凝儿敬上两个盛满沙子的大木碗，说道：

"请国王和王后喝了这碗接风的美酒！"

美酒？沙子是美酒？我和凝儿对视了一下，觉得很好笑。我们接过来，但不知如何喝下去。

骷髅老臣自己也端起一大碗"美酒"，仰起脖子一饮而尽，沙子顺着他的肋骨唰唰地流泻下来。

下边所有的骷髅人都端起酒碗，唰唰唰，喝得好不潇洒！

我和凝儿学着他们的样子，把大碗举过头顶，倾倒在脚下。

骷髅老臣道："千年的企盼，等回了国王和王后，不知我楼兰是否可起死回生？"

我干咳了一下，说："我想……我想，楼兰到了今天这个样子，全是因为缺水，我们得想办法去引水才行！"

我知道自己说的话十分幼稚可笑，可是，一个头戴王冠的孩

子一下子会想出什么高见呢?

　　骷髅老臣沉吟了片刻,说:"圣上忘了吗,当年您联合了鄯善、焉耆、龟兹等国的几千士兵在孔雀河下游拦河筑坝,引水开荒,可只能缓解一时,不能维持长久,最后还是因水源断绝而放弃了。树枯沙进,沙进水竭,水竭人退,人退城亡啊!"

　　骷髅老臣空洞洞的目光里有隔世的疼痛……

　　我想了想,说:"我后来看了关于楼兰的许多资料,这都是楼兰人当年乱砍滥伐树木,破坏了生态平衡的结果,对吗?"

　　骷髅老臣道:"国王明鉴,当年您也制定了禁止伐木的法令,我们的律条规定:凡砍伐一棵活树者,罚马一匹;伐小树者,罚牛一头;砍倒树苗者,罚羊两只。可是,因为老臣们执法不力,成为一纸空文。现在说起,悔之晚矣……"

　　我说:"几千年后的考古学家们发现,楼兰人死后修建的'太阳墓'十分豪华,围绕墓周围是一层套一层的原木,由内而外,由细到粗,整个外形酷似一个太阳,在已经发现的七座墓葬中,成材的原木就有一万多根,这样大量地砍伐树木,真是令人

心痛！"

"是……"

"这样盲目地破坏自然，才致使水土流失，风沙侵袭，河流改道，气候反常，将一个美丽的家园祸害成一个不毛之地。楼兰人是自己断送了自己的后路。"

"是的，陛下，都是我们自己咎由自取。臣等罪该万死！"

"千死万死的有什么用啊？说到底还是水的原因。今天我给你们带来了一位水精灵，看看她有没有什么办法吧。"

"水精灵？……"骷髅人的眼眶里射出了充满希望的光彩。

我转头看着凝儿。

全体骷髅人噼里啪啦一齐跪在了地上："请王后救救楼兰！"

凝儿摇了摇头说："生态的破坏，是日积月累的结果。要想改变现在的状态，也需要我们举国上下齐心努力，长期坚持。"

正在这时，门外传来骷髅小厮的报告："不好啦，土人的军队把我们包围了！"

王宫里的骷髅人都大吃一惊。

土人？我和凝儿互相看了一眼，都不清楚是怎么回事。

骷髅老臣道："启禀国王，几千年来，土人一直是我邦的劲敌，因为争夺水资源，我们与周边的邻国连年战争不断，你死我

10. 我当上了国王

活。今日土人恐怕是探知国王归来，又来骚扰。国王不必惊慌，我们会集中全城的骷髅兵力，誓死护驾！"骷髅老臣转问下边："哪位将军前去带兵迎敌？"

话音未落，下面闪出一位宽肩、粗骨、高大、威猛的骷髅，高声喝道：

"老将愿往！"

我哪儿遇到过这样的阵势啊，这个国王可不是好当的呀！我吓得不知如何是好，只好连连点头应允。

骷髅将军带领骷髅将士们冲出王宫。

楼兰城外，沙尘滚滚，喊声震天，两国的兵士厮杀在一起。

尽管骷髅老臣显得从容镇定，但我还是能听到他发抖时骨关节发出的嘚嘚声响。直到探子飞跑进来禀报土人军队已经打进王宫大门，骷髅老臣才一下子瘫倒在地，像一把筷子似的散了骨架。

11. 楼兰之梦

探子跑到殿前，单膝跪下，刚说出"土、土……土人……"就被旋风般杀进来的一个大个子土人一脚踹飞，身首异处，骨架四散。

我刚拔剑出鞘，也被冲进来的一队头戴雉翎、脸涂油彩的土人围住了，十几把长短刀剑架在了我的脖子上。

我感觉到一排冷冰冰的刀尖随时都能挑开我柔软娇嫩的水皮肤。

凝儿也被土人兵士架住了胳膊。

大个子土人左右脸上各抹了红黄蓝三条油彩，头上没戴羽毛头饰，而是披散着长长的青草，看来他还能享受到一些水的滋润。他应该就是这个土人军队的首领了。

土人首领示意兵士们放了我和凝儿。他踱步过来，俯身看了看我们这对被俘的"国王"和"王后"，然后用他那粗糙得掉渣

11. 楼兰之梦

的土手抬起了我的下颌。我水嫩的皮肤一定使他的手感很好，他狰狞着仰头大笑起来：

"水人！哈哈……水人国王，你知道吗？我的弟兄们已经渴了几千年啦，今天好有口福啊！"

所有的土人士兵都枪把蹾地，齐声呐喊："渴！渴！渴！渴！"

土人首领又走到凝儿跟前，突然一把扯去了凝儿头上的头巾，凝儿也露出了水人的面孔。

我奋力冲上去，却被土人士兵牢牢按住。

土人首领更是狂笑起来：

"如果我没有认错的话，你就是水世界里的水精灵吧？"

凝儿瞪圆了眼睛，怒视着这个丑陋的魔鬼。

土人首领得意忘形地往后捋了捋头上的草发，说："弟兄们，以前你们搞来一点点救命之水，都孝敬给了我，我才能长出一头长长的草发。从今以后，你们大家就不用担心没有水喝啦！"

土人士兵还是蹾着枪把，齐声呐喊："水！水！水！水！"

"老大我要娶这位水精灵做压寨夫人！因为她会使我们土人国有取之不尽、用之不竭的水呀！哈哈哈哈……"

土人齐声："哈哈哈哈！"

土人首领喊道:"埋锅烧火,先煮了这位水人国王,给弟兄们解解这千年之渴!"

土人们一片欢呼。不一会儿就抬来了一口超级大的铁锅,架起了黄杨木劈柴,点着火噼噼啪啪烧了起来,长长的火苗呼呼地舔着锅沿儿。

我被反剪着双手推到了锅前,铁锅的上方用三根黄杨木绑起了一个三角架子,土人们把我的双脚用绳子捆起来,高高吊起,头朝下悬在了铁锅上面。我的血液一下子涌到了头顶。

铁锅在一点点地烧红,冒着青烟……

我被铁锅烤得满脸大汗淋漓,汗珠掉到铁锅里发出吱吱啦啦的响声。

11. 楼兰之梦

土人首领抬起手,刚要下达命令,这时凝儿忽然厉声喊道:

"住手!"

土人首领一怔,然后走到凝儿的跟前,涎着脸问:"我的压寨夫人有何见教?"

凝儿说:"他还是个孩子,你就是化了他能有多少水呀?还不够你的队伍每个人喝一口。"

"那你的意思是?"

"你放了他,我自然有办法让你的弟兄们喝个水饱。"

"哈哈哈,还是夫人高明。来人,先放了这个小水崽子!"

土人兵士把我放下来,松了绑。

只见凝儿站在王宫中央,双目紧闭,慢慢抬起双手,通身渐渐发出一阵炫目的光芒……

只听远处闷雷滚滚,天上的黑云铺天盖地而来。

土人们好像感觉到一点不祥之兆，有些骚动。

突然，一道亮闪，一声炸雷，豆粒大的雨点噼里啪啦地落了下来，所有的土人都大惊失色。

一个土人士兵跑进来大声报告：

"不好啦，城外雨人的部队把我们包围了……"

土人首领勃然大怒："水精灵，是你搞的鬼吧？"

凝儿笑而不答。

"好啊，你等着，等我摆平了他们，再回来跟你算账！弟兄们，跟我上阵杀敌！"土人首领说完旋风般带领土人兵士冲了出去。

外面哗哗下起大雨，伴着雷声闪电，好不壮观！

土人的队伍在这风沙肆虐的沙漠地带已经几千年了，从来没见过这么大的雨，哪里知道雨人队伍的厉害？尽管他们几十万大军英勇善战，但根本不是雨人的对手。雨人的兵将越战越勇，水刀雨箭，直杀得土人丢胳膊断腿，头颅满地乱滚，竟像下了汤锅一样一点点化成了泥浆。

土人首领站在高处，眼看着自己的队伍大势已去，一声长叹，仰天大吼："天灭我也！"他立在那里，被雨水浇得面目全非，渐渐全身瘫软，最后倒在了泥水中……

11. 楼兰之梦

凝儿高兴地拉着我的手，跑出王宫。

城内城外，土人兵士已经全军覆没，雨人的队伍大获全胜。

天空中，黑脸云人向凝儿深深施了一礼，微笑着迅速退去。那些天兵天将般的雨人眨眼间也无影无踪了。外面重新布满灿烂的阳光……

我和凝儿被苏醒了的骷髅人们抬了起来，大家欢呼着这楼兰之战的巨大胜利。

原来骷髅人是不会死的，他们从战场上爬起来，到处去寻找自己丢失的胫骨、肋骨、腕骨、趾骨等骨头，然后重新组装起来，活动活动，还是好人一个。也有的骷髅人在战斗中骨折、骨裂了，就扯下骆驼身上驮着的丝绸包扎创伤。

骷髅老臣也像焕发了青春的小伙子，四处奔走，聚集了全国的骷髅百姓来到王宫前听从我和凝儿调遣。

凝儿指着那些化成一摊泥的土人，微笑着告诉大家，这些土人的尸体是最好的土质，是凝结了一千年的生命精华，从这些土里长出来的植物必将丰润鲜灵。当然了，我们还需要调集来生命的源泉——水。

这时，一个骷髅人不知从哪儿找出一支埋藏了千年的笛子，递给了凝儿。凝儿横持竹笛，用她那丰盈、水红的嘴唇试了试笛音，继而用纤细的水指轻按笛孔，一曲悠扬的旋律像一条蜿蜒的小溪从天边流淌下来……

阳光绽放，碎金满地，凝儿逆光横吹竹笛的样子像一幅剪影。

笛声中，一点点银亮从东方出现，越来越近，越来越宽，一条清澈的河从远方流入了古老的河道。那清洌的水流，沁人心脾的水香，一下子让人们欢叫起来——孔雀河！

是被楼兰人誉为生命之河的孔雀河呀！

是楼兰人夜夜梦见的母亲河呀！

河水流经的两岸，眼见着冒出了草芽，漫出了绿色，露珠沿着草叶从一枚滑向另一枚，一条巨大的绿毯子渐渐盖住了沙漠。

远处，古老的塔里木河也映亮了人们的眼睛。相信那个走失了的、在远处流浪的罗布泊，很快就会结束几世的漂泊，回到自己心爱的故乡楼兰……

笛声中，河里的那些鱼骨架甩头摆尾，游成了鲜活的鱼儿。

笛声中，盘旋在凝儿头顶的那些谜一样的鸟骨架，忽然间羽毛簌簌抖动，千啾百啭地唱了起来……

笛声中，时间之神给古老的楼兰王国插上了嫩绿色的翅膀……

追捕水巫

我和凝儿带着骷髅人开始栽树。

几乎是转瞬之间,人们手到之处,树苗眼见着长大蹿高,转眼间,四周绿树茂密,林海茫茫。

楼兰城周围,水环树绕,鲜草丰美。草原的风含着种子的香气,成群的牛羊走进了画中。沉寂了几千年的沙漠,一下子变成了桃红柳绿的鱼米之乡……

是在梦里,还是幻觉,或者是现实?我和凝儿也沉浸在其中,喜悦、幸福交织着,无法说清了。

我们该走了。我们还要去完成下一项任务。

骷髅人恋恋不舍地把我和凝儿送出了城门,在我们慢慢变成云朵升腾在空中时,他们又一次跪倒在地,参拜他们心中的"国王"和"王后"。

当我们拉起手飞离地面的时候,忽然看到那些小小的骷髅人一下子变成了有血有肉的真人……

12. 水人节

作为一个新的水人，我生平第一次参加世界水人节。

水人节真的热闹极了：世界各地区、各民族的水人们都穿上鲜艳的服装赶到这里，来参加这个水人盛会。

魔鬼身材的雨人小姐自己打着花边雨伞，头上顶着一朵灰色的云彩，婀娜多姿地走在人群中，她走到哪里，云朵就跟到哪里，小雨淅淅沥沥地正好下满伞顶，伞檐流淌下一串串项链似的水珠儿。

胖乎乎的雪人姑娘边走边往天上撒着大把大把的雪花，六角形的雪花晶莹剔透，不光是银白色的，还有从北极采来的彩雪，五颜六色，落英缤纷，引得小孩子们跟在后面抢着捡雪花。

南极和北极的冰人兄弟好不容易在这里见面了，他俩手拉着手简直形影不离。南极冰人后面跟着一队摇摇摆摆的小企鹅，北极冰人的手里牵着一头高大英武的北极熊，引来无数惊奇、羡

慕的目光。更有意思的是，南极冰人穿的是厚底冰靴，稳稳地站在那里，北极冰人脚下却蹬着一双滑轮冰鞋，不停地小范围移动着。凝儿告诉我，那是因为南极是地球上的第五大陆地，而北极是北美大陆和欧亚大陆包围下的海上冰盖，是一直在移动的冰山。所以呀，南极冰人是脚踏实地的，而北极冰人只能一直移动。

还有一些好玩可笑的水人，被大家围观着、赞叹着。

人群中有一个倒着走路的河人，尽管后脑勺像长了眼睛，但是走起来的姿势却像个顺拐的机器人，引起一阵哄笑。凝儿说，倒淌的河流很少见，但是青海湖东南部的这条河却是自东向西反向流淌。当地还有个美丽的传说：当年文成公主前往西藏途经这里，感动了河神，于是河神命令河水倒流。但这只是人们善良的想象罢了。

还有一个悬起来的湖人坐在空中，双手合十，像一尊大佛似的让人们仰视。凝儿告诉我，这个湖叫洪泽湖，坐落在中国的苏北平原，湖底高出地面八米，它的面积有三千七百八十平方公里，是中国第四大淡水湖。由于多少年来黄河、淮河和长江的泥沙在此不断堆积，围成了一个潟湖，后逐渐变成了宽浅的湖荡，所以人们称他为"悬湖"。

哇，可真是长了不少见识！

前面是一个好大的集市，集市上人来人往，车水马龙，货摊拥挤，琳琅满目。买主和卖主讨价还价，吆五喝六，一派繁华的景象。

一个服装小贩手里拎着一件衣服在高声大嗓地叫卖着：

"走过路过千万不能错过，世界顶级服装大师推出的最新款式，时尚高档，绝版设计，仅此一件：这件水人的时装，一年四季变换色彩，冬天黑色，春天浅灰，夏季鲜绿，秋天蔚蓝。服装的料子来自澳大利亚南部一个变色湖的湖水，因为湖水中富含大量碳酸钙，气温变，颜色就变。买一件，顶四件啦！哈哈，货真价实啦！"

旁边一个小贩也在大声吆喝着卖一条多彩的围脖：

追捕水座

"西班牙延托河产的三色围脖,质地上乘,物美价廉啦!要问这条围脖怎么三种颜色,告诉你吧,延托河是一条分段的彩色河流,上游流经一个绿色原料矿区,河水是绿色的;进入谷底后,河边的一种野生植物就把它染成了玫瑰色;下游流过一片沙地,因此又变成了水红色。神奇吧?不买会后悔的呀!"

更有意思的是还有一个小贩在卖一种"隐身衣",他把一件燕尾服一会儿穿在身上,一会儿抖在空中让大家检验。这件衣服真的很神奇,穿在身上,小贩马上就隐身了;等他脱下衣服,又马上现了原形。一穿一脱,屡试不爽,大家简直看直了眼。小贩告诉大家,这件燕尾服的产地是澳大利亚首都堪培拉,那儿有一个乔治湖,它行踪不定,每隔一段时间就要消失,过些时候又重新出现。用这种水料子做的衣服当然是"隐身衣"了。

我问凝儿是怎么回事,凝儿说,水是大自然中很奇妙的东西,有许多不解之谜还需要慢慢研究。她也说不清楚自己身体里的许多变化。

我第一次知道凝儿也有不懂的东西。哈!

对面又被人们围成了一个圆圈,一个喊场人正在招揽看热闹的人群:

"看一看,瞧一瞧,魔术大王,世界奇观:看来自大洋冰山底下的著名魔术大师表演冰人喷火！自古以来水火不容，水能灭火，尽人皆知，可是冰人喷火却是大自然的一绝啊！"

三通锣鼓过后，从后台的棚子里走出一个大块头冰人。冰人宽肩厚背，胳膊上肌肉虬结，脸上棱角分明，鼻直口阔，眼神炯炯，粗眉入鬓。他迈着大步走到场地中央，双脚站定，突然张开大口，吐出一条火龙。围观的人群同时发出一声尖叫，四散躲开。巨人又转过身，向其他三个方向表演喷火，赢得一片尖叫和掌声。

凝儿刚要对我说什么，我抢着说："我知道，漂浮着的大洋冰山的底部充满了一种固体甲烷，含碳量非常丰富，遇火就会燃烧起来。科学家们正在研究，怎样才能开发出来，让它们成为未来的能源。我说的对吧？"

凝儿用手指使劲儿点了一下我的脑门，我俩都笑了起来。

我和凝儿又进了一个水人名表店，表店五光十色的柜台里摆满了各种品牌的世界名表。营业员拿出一块名表给我们介绍："这块表的产地是南美洲乌拉圭的报时泉，泉水每天喷射三次，早7时，中午12时，晚7时，十分守时，用这种喷泉制造的表时间绝对准确。"他又拿出一块女士表，说："这块表的产地是中国广

追捕水巫

西东兰县的报时泉，它也是每天三次喷射，时间精确。"

我和凝儿的心思根本不在这里，手里拿着手表，嘴里敷衍着，眼睛却一直搜索着柜台后面，我们在寻找今天要追踪的目标：混迹在人群里的水巫女王……

这时，一个卖甜水的小姑娘来到我们身边，奶声奶气地说："大哥哥、大姐姐，买我一瓶甜水吧。这是希腊奥尔马加河的甜水，比甘蔗还甜呢！"

哦，我知道奥尔马加河的河底土层中含有很浓的原糖结晶体，溶解在水中水就成了甜水，当地人把它叫作甜河。

我说："可是，大哥哥和大姐姐现在不渴呀。"

卖甜水的小姑娘四下里看了看，凑过头低声说："你买了我的甜水，我会告诉你一个天大的秘密。"

"呵呵，好啊，什么秘密呀比天还大？"我揪了揪她水嫩的小耳朵。

小姑娘递给我两瓶甜水，神秘地说："刚才有个跳舞的大姐姐遇害了，被送到医院正抢救呢……"

"哦，是怎么回事？谁害了她？"

"不知道……"小姑娘眼里充满了迷惑。

13. 赤潮水巫

　　小姑娘带领我们赶往医院。

　　到了抢救室，我们看见几个医生和护士正在紧张地抢救一个女孩子。女孩子躺在床上，脸色苍白，手脚抽搐，低声呻吟着。

　　这是一个藏族女孩，穿着五彩长裙，裙子一直在流动般变幻着颜色，白、黄、红、绿、蓝。在西藏北部有一个五彩湖，当地的人们都传说是因为天上的五个仙女下凡，才幻化成了这一泓神秘的湖水。我和凝儿知道，是因为湖底的红土和黄土还有植物与光的作用，湖里才同时出现五种层次分明的颜色。

　　医生是来自法国比利牛斯山脉的著名的圣泉大夫，他忙着给患者量体温，听心律，用仪器做各种检查。不知道是由于紧张还是温泉本身就热，他的头发上一直呼呼冒着热气。

　　圣泉大夫认识水精灵凝儿，没等凝儿问，他就摇了摇头说："是很奇怪的病症。"

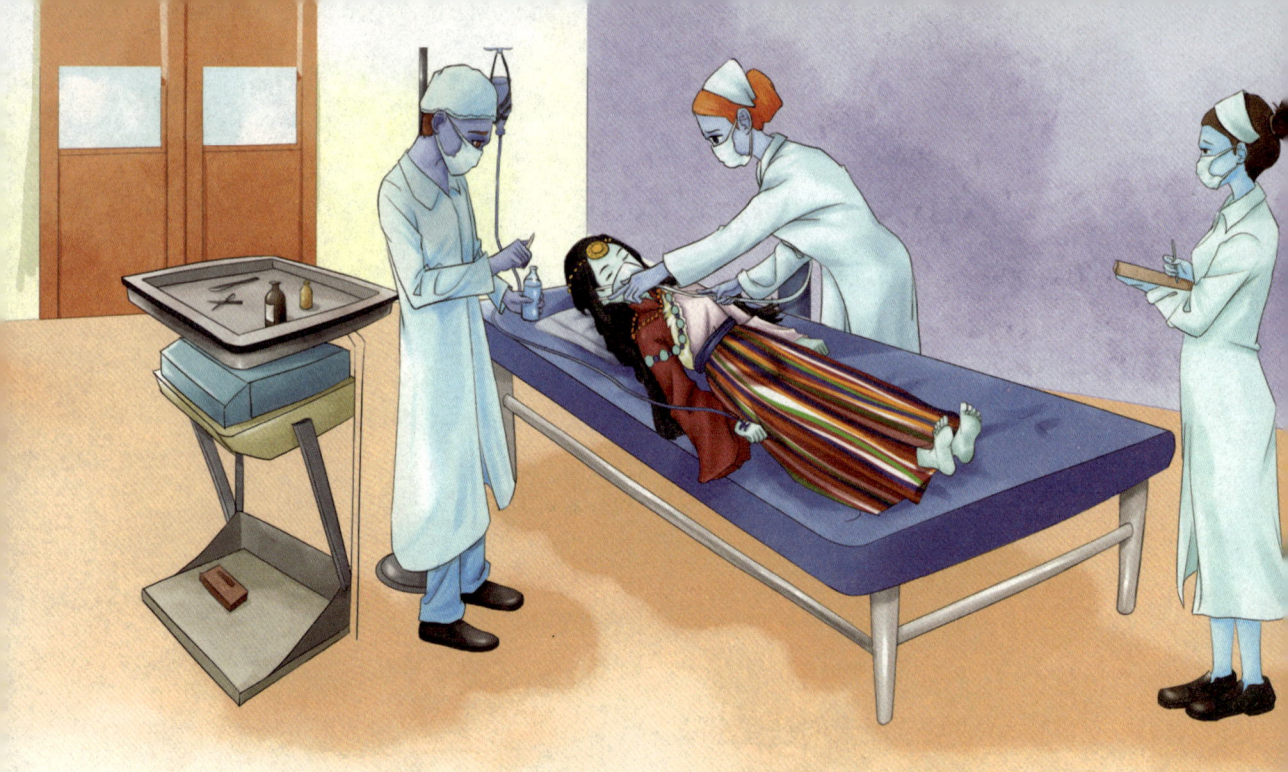

凝儿上前掰开女孩紧攥着的手,看到女孩细长白皙的手指在慢慢地变着颜色,她肯定地说:"这是水污染和中毒!"

在场的人都大吃一惊。

卖甜水的小姑娘说:"跟她穿一样衣服的几个大姐姐还在舞台上跳舞呢!"

哦?我和凝儿对视了一下,凝儿说:"我在这里抢救患者,你去看看。"

小姑娘把我带到了一处露天舞台,那里正上演一场舞蹈节目。

舞台上,八个藏族女孩子穿着同样的五彩长裙正跳着优美的《囊玛》舞蹈,长袖翩翩,舞姿婀娜,真像仙女下凡,亦真亦幻,赢得了台下一阵阵热烈的掌声。

音乐动人，舞姿优美，可是我怎么总是感觉有些不对头呢？

从穿着同样的五彩裙来看，那个中毒的女孩应该是她们当中的一位演员，可是舞台上八个演员一个也不少呀……我仔细观察，慢慢发现，其中一个演员的动作老是慢半拍，不到位，又表情呆板，非常笨拙，而且总是四下踅摸，贼头贼脑。

当我与她的目光又一次相遇时，我一下子认定了：

——她是水巫！

你能想象到我出其不意地跳到舞台上，抽出长剑抵住那个水巫喉咙时的样子吗？当时台下一片哗然，舞台上其他跳舞的姑娘们也吓得四散逃开，大家都以为遇到了劫匪。

满场惊愕，足足有半分钟的时光静止。

水巫脖颈的皮肤软软的，我能感觉到有水在流动。她的脸色在变，五官在扭曲，眼睛里露出了狰狞的凶光。突然，她一声咆哮，身体迅速膨胀起来，五彩长裙被挣开脱落。站在我面前的是

一个奇丑无比、浑身长满红毛的赤膊巨人。

台下一片惊叫。

舞台上，我和水巫对峙着。他的脸已经变成赤红色，长满大大小小的疙瘩；披散的头发是灰绿色的，挂着青苔，爬着虫子；眼睛外凸，布满了蛛网般的血丝；浑身也是青一块紫一块，散发着腥臭的气味儿。他每挪一步都很吃力，脚下流淌着脏水。

赤潮！在场所有的人一齐惊呼起来。

谁都知道，赤潮是大海里一个凶恶的水巫。他污染海水，毒死海豚、海牛和海鸟等动物，他甚至在一夜间杀死附近海域中所有的鱼类和贝类，而且通过食物链，直接威胁着人类的健康。赤潮对人类水产养殖业的危害是毁灭性的。

赤潮水巫对我发动了攻击，他猛地朝我吐出瀑布式的一大口污物，是一摊死鱼死虾，我灵巧地躲了过去，但是一股浓浓的腥臭味扑鼻而来。

"噢……"人群中发出一阵惊叫。

我差一点呕吐起来。

赤潮水巫笨拙地移动着身子，面向我又一次呕吐，这次是一摊黄褐色的海藻和排泄物。

"噢……"人群中又发出一阵惊叫。

我又一次腾跳躲开。

追捕水巫

我知道，赤潮水巫是个贪吃的家伙，工业废水、生活废水，他都喝得津津有味，使水体富营养化，然后繁殖出大量的各类藻类植物，海水因此而缺氧中毒，成为许多海洋动物葬身的坟墓。

正当赤潮水巫准备向我发动第三次进攻时，水精灵凝儿突然出现在他面前，挡住了我的身体。

我们就这样对峙着，能看出赤潮水巫因凝儿的出现而心虚起来，但是他好像也准备拼死一战，瞪圆了眼睛，嗷嗷地吼叫着，以泰山压顶之势举起了双臂……

凝儿不慌不忙地抬起右手，用食指指着赤潮水巫的鼻子，赤潮水巫被凝儿定在了原地，像一尊怪模怪样的雕塑。

我乘机跳过去，挥剑刺进了赤潮水巫的腹部……

赤潮水巫噔噔退了几步，一弯腰，扎破的肚皮流出一摊黄绿色的脏物……

台下的人群爆发出一阵欢呼。

赤潮水巫由于肚子出水，身体在渐渐变矮，我乘机腾空而起，一剑削掉了他的头颅……

赤潮水巫一下子瘫软在地，浓浓的污水漫过舞台，流淌得满地都是。

观众们都兴奋地热烈鼓掌。

13. 赤潮水巫

就在观众情绪高涨之时,我和凝儿同时发现,淌出去的污水迅速回聚,又迅速蒸发,变成一缕雾气升上天空。

凝儿惊呼:"水巫女王!"

"水巫女王?怎么会?不是赤潮吗?……"我问。

凝儿说:"是附体在赤潮身体里的水巫女王!"

哦……

14. 空中之城

　　凝儿拉着我飞向天空。我眼看着她的身体逐渐透明起来，白色的风衣在身后飘扬，晶莹的头发飞散在空中，像一面迎风的旗帜。我自己的身体也发生了汽化，感觉一下子鼓胀得像个巨人，头发也在风中不停地翻动，我看见我和凝儿拉在一起的手变得透明，像两只玻璃工艺品，尽管我看不见自己的脸庞，但是我知道恐怕不光是头发，可能连眼仁儿也变得透明了吧。

　　身下，离我们越来越远的山川、田野像水一样在流动。由于风的阻力，我们波浪似的一起一伏，凝儿迎风飘动的样子像一条在水里穿梭的美人鱼，让我产生一种在大海里遨游的幻觉。

　　没过多久，我们的身体开始垂直升腾。确切地说，我们来到了云的国度。也可以说，我和凝儿都变成了云人。

　　凝儿告诉我，我们现在的位置是在下层云，距离地面两千米以内。身边的云彩像一幅幅卷轴，很容易变成雨点落下，我们不

14. 空中之城

能在这里逗留。

当我们像乘坐观光电梯似的升腾到六千米时,凝儿告诉我,我们现在到了中层云了,中层云中有许多好景色,等捉到水巫女王后她会带我来这里游览彩霞山、红云岭、彩虹桥,那可是天上的旅游胜地呀。

等我们穿云破雾地上升到一万米时,凝儿告诉我,这就是上层云了。我眼前一亮:棉花般的卷积云在天空中轻盈地飘浮着,雕塑成了天国的山川河流、城市平原,真是气象万千,秀美无比,使人一下子心胸开阔起来。

真是人间仙境啊!

在空中之城,马路是软绵绵的云铺成的,踩上去弹性十足,好像赤脚走在海边的沙滩上。

这里的公共汽车也是软绵绵的云制造的,无人驾驶,无人售票,一辆接着一辆缓缓飘行,有意思的是,它们没有固定路线,没有固定的起点和终点,乘客可以从这辆车跳到另一辆车上,根据自己要到达的目的地随意中转。

鳞次栉比的高楼大厦也是用软绵绵的云朵建筑起来的,可是每一座楼房都不是一成不变的形状,根据风的设计随时改变着建筑风格。更有意思的是,也许你此刻住在一楼,一觉醒来却跑到

99

楼的顶层去了；一阵大风刮来，你又住到另一座大楼里去了；再一阵风可能你又会飘到另一个城市……

真是一个奇妙的空中之城！我被这超出想象的景象惊呆了，不小心一脚踩空，从马路的一个豁口掉了下去，一下子摔到了下面云层的一座建筑上。

这是一个尖顶教堂，我坐在楼顶，紧紧地抱住了避雷针，闭着眼睛一动不敢动。过了一会儿，我慢慢睁开眼睛，惶恐地往下一看：天哪，好晕！身下是万丈深渊，云层错动，我的心提到了嗓子眼儿，好像要吐出来了。

幸好这时候凝儿驾驶着一辆云朵QQ轿车下来接我了。我吓出一身冷汗，差点变成雨点落下去。

凝儿看着我落魄的样子调皮地笑弯了腰。

惊魂未定的我也跟着笑了起来……

突然，彼此开玩笑的我们凝住了笑容：远处，一群摩托车簇拥着一辆黑色吉普疯狂地飘了过来，在空中之城的马路上横冲直撞。车上站着坐着的黑衣人，蒙着面，手里持着长短武器，一边号叫着一边胡乱地朝空中、人群开枪射击。

马路上的云人们吓得四处逃散，公共汽车上的乘客们也吓得一起喊叫、躲闪，由于拥挤，车体失重，有的车一下子翻了过去，车上的云人们噼里啪啦地掉下空中，变成阵雨落到了地面。

我和凝儿刚要把车开过去，却见黑色吉普的后面又开出几十辆黄褐色的敞篷车，车上站着许多黄衣人，蒙着褐色面罩，也是边开枪边跟在黑色吉普后面横冲直撞。

我和凝儿只好把车停在一座楼下察看情况。

追捕水怪

突然，身后有人拽我们的衣襟，回头一看，是一个白头发、白胡子的云朵老人，他把一根食指竖在嘴唇上，示意我们不要作声，等我们跟他躲到楼角后，他才开口说话：

"孩子，你们一定不知道他们是什么人吧？"

"是啊，老伯。您能告诉我们吗？"

"咳！他们是大气污染人啊！"

"噢？大气污染人……"

"是啊。那些黑色的家伙、棕色的家伙都是从地面跑上来的，他们是硫氧化物、氮氧化物和碳氢化合物，都是人类工业生产所造出来的孽种啊！人类在造孽呀……造孽呀！"老人边说边咳嗽，喘着气，说不下去了。

"老伯，您怎么了？"我轻轻地给云朵老人捶背。

"造孽呀！他们的子弹打中谁，谁就被污染了。咳……咳！那些硫酸烟雾，使我们许多云人的眼睛得了结膜炎，整天红肿着，迎风流泪，苦不堪言啊！还有，氰化物中毒，使我们许多云人都得了头痛症，我的老伴儿得了癫痫，我的小孙子得了失语症，太可怕啦！咳……咳！还有我啊……被他们的煤气粉尘污染了，我得了肺气肿，整天咳嗽，难受死了！咳、咳……"老人说着呜呜地痛哭起来。

14. 空中之城

我问老人:"他们在这里胡闹,什么时候能走呢?"

老人说:"他们借助风势经常到这里来,还勾结水巫一起干坏事,制造酸雨,给地面造成惨重的破坏。"

我问老人:"你看见水巫女王了吗?"

"水巫女王?"老人想了想,说,"我听说过,是个能够千变万化的坏家伙,我不认识她,反正他们都不是好东西!"

我告诉老人说我们正在追捕水巫女王。

老人用惊恐的眼光看着我和凝儿,摇头说:"现在可不行啊,这几个开车来的坏蛋只是先头部队,东南风即将刮过来了,很大的风势,他们的大队伍马上要压过来啦!你们要不马上走,逃命都来不及了。"

凝儿看了看天气,对我点了点头,斩钉截铁地说:"老伯说得对,我们带着老伯马上走!"

我问:"可是我们去哪儿呢?"

凝儿说:"我们只好到另一个云层的城市去了……"说着发动了车子,我去搀扶老人,可是老人倔强地不走。

"我的家人都在这里,我要与他们共存亡……"老人说着,推开了我和凝儿,一下子跳到另一辆云朵汽车上,慢慢地飘远……

望着老人远去的背影,我和凝儿很是伤心。

追捕水巫

突然，风起云涌，东南天边传来了密集的枪炮声，黑压压一大片大气污染人队伍风卷残云般蜂拥而来。上层空中有飞机轰炸，底下有坦克车、装甲车开路，后面数百人抬着一杆杆长长的炮筒，边冲锋边开炮，炮火猛烈。

一座座云朵铸成的高楼大厦轰然倒塌，顿时成为一片废墟。整个空中浮城淹没在浓烟之中。

14. 空中之城

我和凝儿驾驶着汽车落荒而逃。

站在远处,我们看清楚了,他们抬着的巨炮原来就是地面工厂高高的烟囱。

一座美丽的空中城市转眼间烟消云散……

追捕水巫

15. 牧羊女和她的羊群

站在一个云朵的山坡上，我问凝儿："你是水精灵，你救不了这座美丽的空中之城吗？"

凝儿望着那片红褐色的云的废墟，目光中满是哀愁，过了一会儿说："我只能用下雨的办法打败这伙暴徒……"

"那你为什么不？！"我一下子上来了火气。

凝儿把痛心的目光转向我："可是，那样我们就帮了水巫女王的大忙，我也下起了酸雨呀！"

"为什么？"

"这些污染了的大气，在空中随着风势到处扩散，虽然下雨能使空气净化，但是会把大气污染转变为水污染和土壤污染。我们脚下是喜马拉雅山上的冰川，这是多少中国人、印度人和巴基斯坦人生活的源泉，我把这些黑色的、黄色的恶棍打入长江、黄河和恒河里，他们就会摇身一变成为水巫，去污染那里的

15. 牧羊女和她的羊群

水质……"

我明白了，不好意思地搓着手，低下了头："凝儿，对不起，是我不懂……"

凝儿苦笑着说："可是人类已经懂了这个道理，却还是没有从根本上去解决！如果不立即控制温室气体的排放，后果不堪设想，人类将遭遇末日的劫难……"

"凝儿，别说了……"我听得胆战心惊。

"羽，这不是耸人听闻，你该正视！"凝儿直视着我，眼睛里充满了希冀……

我和凝儿漫步下山。

脚下是云的草原，白色的嫩草在微风中浪涛一样浮动，一层层铺向远方，许多叫不出名字的、晶莹剔透的花朵竞相开放。而那些黄褐色的云团却游荡天边，随风不知了去向。

"他们是没有国界的流浪军团……"凝儿意味深长地说。

我知道她指的是谁。

这时，从远处传来一阵悦耳动听的歌声：

蓝蓝的天上哟，白云在飘

白云下面哟，我的羊儿在跑……

只见从山坡那边走来一个赶着羊群的牧羊人，被一群羊儿簇拥着。走近了才看清，原来牧羊人是个美丽如仙女般的少女。

少女头上系着碎花云卷头巾，穿着白色碎花小袄儿，赤着洁白的脚丫，手里拿着一支小巧的牧羊鞭，晨星般亮晶晶的大眼睛毫无遮拦地看着我们。她咯咯地笑着问我们："你们也是刚从地面上来的吗？"

凝儿欢喜地拉着她的小手，点了点头。

牧羊女说："我也是刚从一条大河里回来不长时间。每次水

循环我都盼望着赶快返到天上,因为我的羊儿们都在等着我呢!"

我问她:"这是你家的羊群吗?"

牧羊女笑了,笑得像个淘气小子。"什么家呀,你不是水人吧?天上是没有什么家的!我的羊群也是从天南海北回来的,它们也希望早早托生成天上的羊,好跟我在一起呀。你看——"她指着一只卷毛的老绵羊说,"它刚从大西洋回来,在那里整整流亡了两千五百年,海洋里水的循环时间真是太长了。这次回来,我差一点认不出它了。"

那只老绵羊看了看我和凝儿,"咩咩"地叫了两声,紧紧贴着牧羊女的小腿,舍不得分开。

109

"还有它——"牧羊女指着一只山羊,"它从冰川来,跟我分开有一千六百年了;对了,还有那个小家伙,是从埃及的尼罗河来,它在那里只待了半个月就跑回来了。旁边那只是从西湖来的,它在那里睡了十七年大觉,眼仁儿都睡臭了,呵呵!"她说起自己的羊如数家珍,好像每只羊都是她的稀世珍宝,"每次我看见循环回来的老朋友,都高兴得不得了。它们给我讲世界各地稀奇古怪的故事,我跟它们也有说不完的话。因为在天上,我们相聚的日子也就十天左右,不会很长的。"

我和凝儿都非常喜欢这个天真可爱的小妹妹。

"可是,也不知怎么了,"牧羊女的眼神黯淡下来,"我的羊老是无缘无故地丢失,还有许多羊生病了,有的咳嗽,有的哮喘,有的脱毛,有的眼睛失明,我真是着急死了!"

我快言快语地说:"那是因为大气污染!"

"是吗……"牧羊女呆呆地想着,又不解地问我,"那为什么有的羊回来的时候就是病羊呀?……"

我说:"那是因为水的污染,它是带着病症循环回来的。"

凝儿摇摇头,说:"一般不会的,水汽升腾到空中不会带着很多病菌。"

15. 牧羊女和她的羊群

"哦……"牧羊女还是似懂非懂。她拨开几只羊，带着我们来到一只母羊旁边，指着它说："你看，它是一只我从不认识的羊，刚刚来到我的羊群中。它一直沉默着，从不跟别的羊打招呼，而且好像受了伤，一直喘息着、呻吟着。大哥哥，大姐姐，你们会治病吗？帮我给它治病好吗？"

我和凝儿看着这只可怜的病羊，奇怪的是，它的颜色不是绵羊的白色，而是灰白里掺杂着一些杂乱的色泽。它低着头，半卧在那里，不吭气，不吃草，眼神游移不定，当凝儿上前提它的耳朵时，竟不费力气地把整张羊皮揭了起来——

我们三个都大吃一惊。

"母羊"腾地跳起来，惊恐的眼神终于跟我们对视了，我和凝儿同时认出：水巫女王！

"母羊"的身体迅速翻卷成一个肥肥胖胖的女人，她的容貌顷刻间老了几百岁，眼睛里露出了死亡般的凶光。

牧羊女惊叫一声，吓得躲在了我和凝儿身后。

我和凝儿也跳起来，拉开了与水巫女王对垒的架势。

看来水巫女王幻化成赤潮被我一剑削掉头颅后，确实受了重伤，她升腾到空中化装成一只绵羊，一边在羊群里养伤还一边祸害羊儿，没想到被追踪而来的我们逮个正着。

面对穷凶极恶的水巫女王，我抽出了腰中的利剑。

水巫女王突然腾空而起，飞身跳上了一辆空中云车。凝儿也拉着我纵身跳了上去。车上的几个乘客一阵慌乱，大声惊叫起来。

水巫女王一把拖过正在飘过来的牧羊女孩儿，用匕首抵住了牧羊女的喉咙，云车失重，来回晃动，几个乘客吓得慌忙跳了下去。我知道他们会马上变成雨人，开始另一种人生。

云车上只剩下了凝儿、我、水巫女王和被劫持的牧羊女。

我们又一次对峙。

水巫女王嘶哑着嗓子叫道："你们要是再上前一步，我就杀了她！"

牧羊女吓得失声哭叫起来。

说时迟，那时快，凝儿一个空翻飞到空中，又像跳水运动员一样垂直跳下，重重地砸在了云车上，云车猛烈抖动，把我们三个弹起老高，散落在空中。

凝儿飞身托住牧羊女，把她送到另一辆飘来的云车上。

空中，水巫女王大气球似的翻滚着。

我从来没有单独飞过，每次飞行都是凝儿拉着我的手，可是这次我成竹在胸，一个鹞子翻身，飞身抽剑，看准水巫女王厚厚的脖颈，突然闪电般出手，手起刀落，又一次削掉了水巫女王的头颅……

16. 彩霞山

如果我不变成云人，就永远体会不到攀登彩霞山的神仙般的乐趣。如果我没有削掉水巫女王的头颅，也不会得到凝儿给的这次奖赏。

沿着蜿蜒曲折的云阶，我们爬上了细小水珠和冰晶垒成的透迤起伏的彩霞山。

彩霞山色彩斑斓，绚丽多姿，太阳像一个高明的画师在涂抹着天上的千古图腾。红的枫林、白的雪瀑，绿的松林，黑的峰峦，一幅幅流动的油画，在她手中变幻无穷……

彩霞山是浮动的山，当你爬上山腰时，也许会被一阵升腾的气浪托上峰顶；当你正兴致勃勃地俯瞰山下苍茫的云海时，却又被调皮的风儿推下悬崖飘到谷底，只好鼓起勇气重新攀登；有时你眼前会突然出现嶙峋陡峭的巨岩断层，使你无路可走，这时你只消坐下来休息一会儿，不多时就被送到了桃红柳绿的山麓

16. 彩霞山

水边……

我和凝儿坐在一块软绵绵的云石上,望着山脚下红瓦白墙的农家小舍和草地上黑白相间在悠然踱步的奶牛,被一阵带着花香的山风吹得心旷神怡。

可是在这几千米的高空,怎么会看得见人间的美景?

我问凝儿,凝儿说,那也是阳光的作品,是从地面折射上来的海市蜃楼啊。

哦,真的好美好美……

我忽然感觉到自己挂着下颌的样子,像罗丹雕塑的那个思想者,正在冥思苦想一个深奥的哲学问题。我说:

"真得感谢原子,是它神奇地创造了我们,没有它,就没有水,没有空气,也没有这些美丽的云团……"

"还得感谢你的运气,"凝儿望着远方,没回过头来看我,继续说,"自开天辟地以来,这个星球上存在过成百上千亿个物种,其中绝大多数已经不复存在了。地球上的普通物种只能延续大约四百万年,因此,若要在这里待上更长的时间,你就得像制造你的原子那样变化不停。"

"像原子那样变化不停?"

"是啊,"凝儿转过脸,神秘地看着我,"你和你的同胞们长

过鳍，长过翅膀，下过蛋，住过地下，住过树上，能够到今天这个样子是多么不容易呀！进化时若稍有差错，此刻你可能正在土壤里捉虫子吃呢……"凝儿说到这里，憋不住捂着嘴咯咯地笑个不停。

老师给我们讲过生物进化，听凝儿揭了我们的老底，我也傻呵呵地跟着笑了起来。

"所以呀，"凝儿止住笑，认真地说，"人类应该善待十几亿年来与自己共同进化的朋友们。自然界是由许许多多复杂的生态系统构成的，一种植物消失了，以这种食物为食的昆虫就会跟着

消失；某种昆虫没有了，捕食这种昆虫的鸟类将会饿死；鸟类的死亡又会对其他动物产生影响。蚂蚱吃草，青蛙吃蚂蚱，蛇吃青蛙，老鹰吃蛇，这就叫食物链，链条断了，会产生一系列的连锁反应。"

我双手支着下颌，两眼出神地看着凝儿，像个小学生一样认真地听着，凝儿被我看得不好意思了，用她那又白又嫩的小手遮住我的眼睛。

"表面上看，地球对人类实在是太慷慨了，但真实情况是，人类与无数的物种进化是因为逐渐适应了大自然的规律。一旦违背了这种规律，地球也会翻脸。地球要是真翻脸，也许就不给人类悔悟的机会了！也许你该回到六千五百万年前，去听听恐龙的临终遗言。呵呵……"

我知道她要说的是什么，我不但没笑，反而还认真地、使劲地点了点头，好像我是人类派到这里专供她奚落的受气包。

"你不要做出一副很委屈的样子，"凝儿用她那细长的水手指，使劲儿地点了一下我的脑门，"你们人类来到这个世界上才多长时间啊？"

"用达尔文的进化论做依据，从古猿人开始算应该是二三百万年吧。"我很骄傲地挺了挺胸脯。

凝儿接着说："在一本美国人写的书里，那个作家把地球的四十六亿年历史模拟压缩成普通的一天，很有意思。"

"哦，你说说好吗？"

"在这一天中，最早出现单细胞生物是在凌晨4点钟。"

"是草履虫？"

"是的。但是此后的十六个小时里这位老兄的生命却没有什么明显的进展，一直躺在那里呼呼地睡觉。直到晚上8点30分，这一天已经过去六分之五的时候，地球才向宇宙拿出点成绩，但也不过是一层静不下来的微生物……"

我抢着说："比如说细菌！"

16. 彩霞山

"对。由于有了细菌，才能出现一批海生植物。二十分钟以后出现了第一批水母。晚上9点零4分，三叶虫登场了……"

"可是三叶虫早就灭绝了。我在自然博物馆里看到过奥陶纪的岩石中三叶虫的标本。"

"在这一天还剩下不足两个小时的时候，第一批陆生植物才正式出现。由于十分钟左右的好天气，到了晚上10点24分，地球上已经覆盖着石炭纪的大森林，它们变成了你们现在使用的煤；这时，第一批长着翅膀的昆虫才出来亮了相。夜里11点刚过，恐龙迈着缓慢的脚步登上了舞台，统治世界达三刻钟左右……"

"也就是我们现在说的一亿七千万年！"我为自己懂得一点点恐龙知识而沾沾自喜。

"午夜前二十分钟，恐龙在这个世界上彻底消失了，哺乳动物时代开始了。你们人类是在零点前一分十七秒才出现的。怎么样？按照这个比例，人类全部的有记录的历史不过只有几秒钟，而你羽个人的一生呢，连一个眨眼的工夫都不够，对吗？"

我的天！我被凝儿的一番话说得目瞪口呆，半天缓不过神儿来……

这时，一道七色彩虹像一座移动的拱形长桥慢慢踱到了我们

119

追捕水怪

身边，桥头抵在我们脚下，另一端伸向远方的云崖。

凝儿说："别发呆啦，哈哈，再发呆你的胡子就长出来了。走吧，我带你上彩虹桥去玩。"

我长出一口气，尽管也看到了金练生辉的彩虹桥，但是眼睛还在直勾勾地望着梦幻般的远方。

凝儿跳起来，拉起我，我俩一前一后走钢丝似的踏上了彩虹桥。

头上，细雨如丝，淋得好爽；桥下，飞瀑如潮，喧嚣轰鸣；我们走在彩虹桥上飘飘欲仙，真是一个美妙的童话般的世界！

我们像杂技演员一样展开双臂平衡着身体，忽然，从脚底下旋起一股冷冷的气流，进而刮起了不小的北风，彩虹桥在风中颤抖着，摇来荡去，像一根扭曲的铁轨，终于承受不住北风的肆虐，突然从中间断裂开来，我们一下子从空中跌了下去……

冷风怪兽一样鼓着腮帮，喷出一团团寒气，把我们吹得陀螺一般旋转，越到低空越是感觉像被扔到了冰窖里一般。

凝儿在空中慢慢找到我，拉住了我的手。我感觉她的手冰凉刺骨，看到她的呼吸变成了白色的气团。她波浪似的长发在空中渐渐结了晶，透明起来。

哦，我们变成了雪人……

17. 冰城奇遇

　　变成雪人的我们飘在空中，像手拉着手的两个跳伞飞行员。

　　突然，狂风大作，雪花翻飞，远处好似冲来了成千上万头凶猛的野兽，嘶哑着嗓子震耳欲聋地吼叫着，是暴风雪来了。魔鬼的风鞭不停地、使劲儿地抽打着我们，使我们陀螺般疯狂地旋转，睁不开眼睛，喘不过气来。

　　旋转中，我感觉自己的头发、眉毛和胡子一下子长出了三千丈，和凝儿雪白的长发合在一起，在空中飞卷成了风的旋涡。

　　等感觉到风速减缓时，我们已经不知道被劫持到了什么地方。

　　天空渐渐清亮起来，风在继续减弱，雪还在下，但雪花已经袅袅娜娜温柔了许多。我们清醒过来，看着彼此，我的胡子、眉毛没有了，凝儿还像原来一样美丽、圣洁。她看着我微笑着，还调皮地冲我挤了挤眼睛。我们都有一种大难不死的庆幸。

当我们降落到距离地面很近时，突然被一股超强寒流冻住了，以一个僵硬不变的姿势悬在了空中。幸亏我们的眼珠儿还能转动，可以看到下面是一个高楼林立的冰雪雕成的城市。

风住了，但我白色的风衣和凝儿素洁的长裙却飘成一幅动感的造型。无数晶莹剔透的、六角形的、图案各异的雪花凝固在淡蓝色的空中，镶嵌在我们前后左右，组成了一幅静止的三维图画。我抬不起头来，看不见头顶上的太阳，我想太阳不会也变成一个白眉毛、白胡子的老头儿冻在天上了吧？

凝儿对我哈出一口白色的香气，我们俩一下子解了冻，缓缓地飘到了地面。

也许你走遍了全世界最美的城市，去过塞纳河畔的浪漫巴黎，到过意大利的水城威尼斯，游览过西班牙有欧洲之花之称的巴塞罗那，住过泰晤士河畔的雾都伦敦，欣赏过大洋洲的一颗明珠——澳大利亚的悉尼，但你肯定从来没产生过面对这座冰雪雕成的、梦幻般的城市时的心灵震撼。

整个城市是一种亮丽而高雅的奶酪颜色，冰清玉洁，晶莹剔透，使人目眩神迷，如虚似幻。这里有古老的宫廷似的建筑，也

有风格各异的现代楼群；有古色古香的亭台楼榭，也有异域风格的塔楼尖顶。是古代还是现代？是东方还是西方？时空在这里迷失，没有了固定的界限，有的只是童话般的诗意壮美……

可是，当你细心留意一下这座城市的街道和住宅区的名字时，你刚才所有美妙的感觉顷刻间就会化为乌有，被破坏无遗——那是一种不可思议的丑陋和错乱，你会一下子呆愣在那里，心情无比懊丧。

我和凝儿看着一条条道路的街名和路牌，看着一座座住宅区的命名，不情愿地读出声来：痴呆大街、独眼大街、骨痛路、驼背路、哮喘花园、湿疹新区……

我和凝儿忽然明白了许多……

冰城死一般寂静，城里所有的人都凝固在原地，保持着被冰冻时的神态和姿势。各种车辆像大街上无人摆布的棋子，小贩张嘴叫卖着却发不出声音，行人迈着疾行的步子原地不动，扔球的孩子张开双手接着定格在空中的皮球，小偷的手还插在别人的口袋里，交通警察站成一尊指挥的塑像……

整个城市就只有我和凝儿幽灵般在悄悄地游览。

123

追捕水座

这时，我和凝儿听到好像从一座古建筑里传出一种幽幽的哭泣声，声音时大时小，时强时弱，分不清是男是女、是老是少。

怎么，整个城里还有没被冻结的人？

我们找到了这座古建筑的大门，大门紧锁着，我用很大的力气也撞不开。凝儿诡秘地笑了笑，对着大门轻轻吹了一口气，沉重的大门吱呀一声自动打开了，我们拉着手走了进去。

循着时隐时现的哭泣声，我们找到了一个隐秘的小铁门，吹开铁门，下面是一个旋转楼梯，通往黑黝黝、阴森森的地下室。楼梯又湿又滑，墙面上长满了青苔，不知走了多远，也不知下到了多深，前面出现了亮光，空间也大了起来，能看出下面是一个

17. 冰城奇遇

很宽敞的大厅。

我们深一脚浅一脚地往前走，眼睛慢慢适应了大厅的光线。突然，我脚下一滑，赶紧扶住了一根白色的柱子。可是，那柱子像火炭一样烧着了我，我疼得大叫一声，赶紧抽回了手，可是手已经被烧得起了水泡，火辣辣钻心地疼。凝儿马上赶过来扶住了我，我们顺着白色的柱子往上看去，吓得又一次失声大叫起来——

那哪儿是什么白色的柱子呀，那是一个巨人的小腿。顺着小腿、大腿、肚子、前胸、肩膀，我们看到一个正在哭泣的冰巨人。

追捕水巫

冰巨人乐山大佛似的坐在大厅里，硕大的头颅已经顶到了高高的天花板，整个身子也差一点塞满了大厅的空间。他的两个手腕和两个脚脖都被碗口粗的大铁链子锁着，锁链固定在地下室里一个很粗的冰柱子上。他哭泣的声音很大，每一次抬手抹眼泪的时候，锁链都哗啦啦地响。

我和凝儿都惊呆在原地，像被冰冻住了一样。

冰巨人也发现了我们，他没有像我害怕的那样勃然大怒，也没有像要撕碎我们一样张牙舞爪，他幽幽的眼神倒像是个受了许多委屈的孩子，他止住哭声时最后抽泣的那几下让人感到心疼。

我更想象不到他对我说的第一句话竟是：

"小弟弟，你的手还疼吗？"

我被他感动得不知道说什么好，结结巴巴地问："你是谁？怎么在这里？……"

他俯下身，让脸距离我近一些，说：

"我是干冰，你们千万不要赤手碰我，我的体温现在是零下78℃，会冻伤你的。"

我说："干冰？我碰别的冰不会冻伤呀！"

凝儿边撕下她的裙角给我包扎边说："其实干冰不是冰，他是空气中的二氧化碳。"

17. 冰城奇遇

二氧化碳？我糊涂了。我用疑问的眼光看着冰巨人。

"是的……"冰巨人脸上现出了被揭穿后的羞涩与腼腆，竟像小女孩似的垂下了眼睛，慢慢点了点头。

"那——你家在哪儿？是谁把你锁在这里？又为什么一个人哭泣？外面已经成为一个冻僵的城市，可是你怎么能动、能说话？"

我一连串提出好几个问题。

冰巨人动作很迟钝，他慢慢抬起头，思索了一下，给我们讲了下面这个故事……

18. 干冰巨人讲的故事

"这里没有坐的地方,你们只好站着听我的故事了。"

看不出这个庞然大物般的家伙,却有一颗如此细腻的心。

在这颗古老的星球还只有现在三分之一大的时候,就已经形成了大气。那时候,地球上的大气只有氮、甲烷、硫和我们二氧化碳四大家族,我也该算是这里的元老之一。绝对不是夸口,我也是地球的一位功臣。

现在一说起温室效应,人们就像看到了笼子里跑出来的老虎一样大惊失色,可是那时要是没有我们这样的温室气体,地球很可能永久被冰雪覆盖着,生命也许永远找不到一块立足之地。

所以也想象不到,四十亿年后的今天你们会以这样的方式跟我见面。

18. 干冰巨人讲的故事

巨人长出一口气，调整一下坐姿，锁链也配合着发出一声叹息。

尽管我在这个世界上已经很古老了，但是人类还是把正式给我命名的那天算作我的生日。这样说来，我的父亲应该是比利时的化学家范·海尔蒙特，是他在18世纪发现了我的家族，1757年我的大哥出生了，他是气体二氧化碳；1823年我的二哥出生了，他是液体二氧化碳；1835年我出生了，我是固体二氧化碳，他们给我起的乳名叫干冰。

尽管按人类的排序我们是三兄弟，其实按我们自己的物性却是异体的一个人：别看在大气中我只占0.03%，却是一个十分活跃的人物，是多民族大气中一个重要的组成部分。当人类把我加压时，我就会变成液体；在温度降到零下78℃时，我又变成了固体干冰。要知道，我们这些变化都是在父亲的严格要求下做的。

父亲是世界上著名的化学家，他最了解我们三兄弟的个性，所以父亲家教很严，告诫我们一定要做对人有益处的事情。

植物的生长，需要光合作用，我们就背着一个大口袋，不辞辛苦地走遍全球，给每一片绿叶送去营养，植物吸进去，然后吐出新鲜氧气，我们再用口袋背回来。

追捕水巫

城市出现火灾，父亲又把我们装进槽车和钢瓶，马上送到第一线去救火，因为我们常温下密度比空气大，可以阻隔燃烧，所以被用来做灭火器。

高温热浪，久旱无雨，我们又变成干冰，被派到天上，乘上飞机像跳伞员一样从高空飞身跃下，落在云层上进行人工降雨。

炼钢、制陶、采油、制药……我们一直默默无闻地为人类服务着，再苦再累，毫无怨言。

可是，不幸的事情最终还是发生了。最近一百年来，我发现自己得了一种奇怪的病症，是一种快速长高、快速肥胖的顽疾。

我每天起床的第一件事便是站到人体自动秤和身高测量仪上量体重、测身高，每次都是苦着脸发出清晨的第一句慨叹："哦，怎么又胖啦！又长高啦……"

18. 干冰巨人讲的故事

我睡觉的铁床无数次地废弃，无数次地更换；我无数次地换房子，无数次地搬家……

街坊邻居谁见我的第一句问候都是"今天你胖了没有？"紧接着第二句话就是"你该减肥啦……"

最后，我只好搬到了二氧化碳集中的住宅区"肥肥营子"。在那里，谁也不会笑话谁，谁也没有资格笑话谁，因为那里是全世界唯一的一个"胖子国"。

你无法想象住在"胖子国"里地狱般的生活。

我下决心要减肥了！可是，那只不过是美好的愿望罢了，全世界的人类都口口声声告诫我减肥，却又都不负责任地催我增高——

追捕水巫

我背着口袋给森林送去二氧化碳,但到地方一看,那里早已经是荒山一片,人们像魔鬼理发师一样把绿色的山林剃成了秃头……

小鸟儿在树桩上跳着哭泣,松鼠蹲在斧头上唉声叹气。许多森林中的动物无家可归,坐在原地呆呆地望着远方。

我只好悻悻地返程,肩上口袋里背着的再也不是换回来的氧气,而是出口转内销的二氧化碳……

有报道说,全世界的森林正以每年一千六百万公顷的速度迅速消亡,面积相当于一个英国或半个德国。我不知道将来自己要把口袋背到何处。

背到草原,看到的是无垠的沙漠……

背到湿地,看到的是龟裂的河床……

我茫然地漫步在空中,看到地面上烟囱林立,像走在食品一条街一样难以抵制诱惑。

发电厂的黑烟像个唯利是图的饭店老板,满脸堆着灿烂的笑容,边拽着我的衣襟边推销:

"进来品尝品尝吧,煎炒烹炸 CO_2,南北风味碳酸气,名厨主理,品牌料理……"

我的肚子咕咕叫着,本不想吃,但还是抗拒不了那从烟囱里

18. 干冰巨人讲的故事

飘出来的诱人香气，我狠狠地扇了自己几个嘴巴，最终还是坐到他们的餐桌上……

当我打着饱嗝、喘着粗气走出餐馆时，下面道路上的千万辆汽车又都争先恐后地给我递上一杯杯冒着白沫的尾气饮料。我还是抗拒不了大家的热情，站在那里一口气喝下去……

我的肚子在膨胀，我的身体在继续长高……

其实我是无辜的。我本来应该待在树上，待在地下，待在湿地里，待在冰层中，而不是在空气中流窜。是由于人类的干预，我们才待在了不该待的地方。

我无所事事，整天跟甲烷、一氧化二碳、氟利昂等三十多个空中流氓混在一起。有一次，我闲逛到一所学校，看见每个孩子都在抄写低碳生活的一百条准则。黑板上写着：

1. 随手关灯、关水，节约能源；
2. 每张纸都双面打印，相当于保留一半的森林；
3. 一水多用，最后冲洗马桶；
4. 说服父母，少开车，多选择公共交通工具，有助于身体健康；
5. 夏天自然通风，少用、不用空调；
6. 过量食肉，至少伤害了三个对象：动物、自己和地球；
7. 植树、种草，为自己排放的二氧化碳买单；
8. 一只塑料袋所造成的污染是它价值的五十倍；
9. 少用、不用一次性牙刷、筷子，因为制造它的石油也是一次性的；
10. 不坐电梯，爬楼梯，省电、健康……

我知道，我已经成为过街老鼠，人人喊打了……

我成了被全球追捕的通缉犯。罪名是制造了全球温室效应。

人类是聪明的。他们招募了一批沸石人作为捕捉我们的警察。沸石人浑身长满了纵横交错的小孔隙，很容易就能在空中把我们捕获。他们在太空、在海底、在地下建立了囚禁我们的监狱，把我的大哥囚禁在地底下两千五百米的地方，把我的二哥囚禁在海底一百七十米深的地方。他们也通缉了汽车尾气、飞机尾气，把他们关押在煤矿、盐矿和废油井储存仓库改造成的监狱。等将来他们的科技发展了，再把我们这些战犯开发成有益于人类的新能源。

"那你……该怎么办呢？"我担心地问。我不知道是否该同情这个既做过好事也做过坏事的通缉犯。

干冰巨人表情十分复杂，我想他的内心也是非常矛盾的。

他双手抱住低下的头，长长叹了口气，说：

"我逃到这座冰城，找到了这个宽敞的地下室藏匿起来，自己给自己戴上了手铐脚镣……"

他摊开双手，动一下双腿，铁链子稀里哗啦地响着。

"尽管我是在潜逃，但是我想永久待在这里，也等于自己判

18. 干冰巨人讲的故事

自己坐牢了。而且，我现在是干冰，就是人类捉到我，我也可以为他们做许多好事。

"可是，树欲静而风不止啊……"

我疑惑地望着他，不明白他说的是什么意思。

他犹豫一下，最后还是坚决地说了出来：

"水巫女王不知道怎么发现了我隐藏在这里，她软硬兼施，让我继续出山，去参与他们报复人类的温室行动。我拒绝了。但是她不死心，说不上什么时候还会来的。你们说，我该怎么办啊？呜呜……"

说着，干冰巨人又无助地孩子似的哭了起来。

追捕水巫

19. 海娘娘和她的两个孩子

我和凝儿一直在安慰干冰巨人，告诉他我们正在追捕水巫女王，要他安心待在这里，然后再想下一步办法。这时，忽然听见隔壁传来了尖厉的呵斥声和噼里啪啦的抽打声，我问："怎么隔壁还有人？"

干冰巨人止住抽泣，说："是一个母亲在教训她的两个孩子，已经好长时间了，我也不知道他们是谁。"

我和凝儿对视一下，干冰巨人用手指了指大厅旁边的一个侧门，我们打开侧门，走进了另一个房间。

房间里有两个冰柱子，冰柱子上绑着两个水孩子，一个男孩，一个女孩，看年龄都要比我小。旁边站着一个女人，手里拿着一根皮鞭。凝儿一眼就认出来了："海娘娘，是您……"

海娘娘也认出了凝儿，扔下皮鞭，走了过来。

凝儿问："海娘娘，您怎么在这里？"

19. 海娘娘和她的两个孩子

海娘娘叹了口气,说:"这两个孩子真是气死我了!"

下面是海娘娘讲给我和凝儿的故事:

他们两个都是我先后捡来的孩子,认作了义子、义女。男孩叫圣婴,女孩叫圣女,后来才知道男孩本名叫厄尔尼诺,女孩本名叫拉尼娜,是一对儿不服天朝管的顽劣家伙,根本不听我的话,到处胡作非为,祸害自然,祸害人类。

绑在柱子上的男孩和女孩还在互相吐着舌头,挤眉弄眼,做着鬼脸,互相乱踢乱蹬,发出非人类的吼叫声。

那年的圣诞节,我在东太平洋的海岸上散步,看见一群秘鲁的渔民正在捕鱼,一网一网的鱼儿被渔民们从大海里捕捞上来,装上了渔船,一片繁忙的景象。旁边,一个小不点儿男孩正在帮着渔民们捡鱼,忙得头顶上冒着热气,脸上流着汗水,很是可爱。渔民们把丰收的鱼儿装满渔船,高兴地把男孩举过头顶,又抛向空中,接住了又抛起,高兴地叫喊:"啊哈!上帝之子,圣婴!圣婴!"

男孩子咯咯笑着,在渔民们手中传来传去,满是汗珠的脸上乐开了花。

等渔民们收了网,开了船,海滩上就剩下了我们两个。当我

知道男孩是一个无家可归的流浪儿时，就动了恻隐之心，把他带回了家，认他为义子。那是1925年。

那一年，秘鲁地区雨水充盈，沙漠一带降雨量多达四百毫米，而前五年降水的总和也不足二十毫米。结果，沙漠变成了绿洲，几乎整个秘鲁都覆盖上了茂密的牧草，羊群成倍增多，不毛之地纷纷长出了庄稼……

尽管人们也发现，许多鸟类死亡，海洋生物遭到破坏，但是他们依然相信是我的儿子圣婴给他们带来了丰收。

我收养了这样一个争气的儿子，做母亲的心里也是喜滋滋的，感到骄傲。

可是，事情并不像我想象的那样美好。慢慢地我发现，这是一个不听话的顽劣孩子，经常离家出走，到处游游逛逛，说不上

19. 海娘娘和她的两个孩子

多长时间又跑了回来,满身的泥水,满脸的疲惫,像一个逃窜归来的流浪汉。不管我怎么追问,也不告诉我实话。

后来我知道了,这个家伙原来是东太平洋底的一股暖流,由于他到处乱窜,致使热带地区的海水大范围增温,从而导致了气候异常,给全球各地造成了多种自然灾害。

其实也不用他坦白什么,一批一批受害人都找上门来了,向我告状,跟我诉苦:

他使东太平洋地区暴雨肆虐,洪水泛滥……

他使西太平洋地区连年干旱,土地荒芜……

他给印尼和澳大利亚的森林点起了大火,损失惨重……

他又给美国东部带去了少有的暴雪、严寒……

因为他的流窜,从北半球到南半球,从非洲到拉美,气候变得古怪而不可思议,该凉爽的地方却骄阳似火,温暖的季节却下起暴雪,雨季到来却迟迟滴雨不下,正值旱季却暴雨倾盆、洪水泛滥……

他成了人类和自然的公敌!

而这时,我却又干了件蠢事。

那也是在圣诞节前后,我又收留一个女孩做了义女,取名圣女。她娇柔温顺,性格和男孩截然不同,我原以为她能好好

追捕水巫

影响一下那个为非作歹的哥哥，哪承想，他们俩在家里经常拌嘴打架，到了外面却沆瀣一气，狼狈为奸，勾结到一起作恶多端。这个邪恶的女婴跟在她哥哥屁股后面做尽坏事，哥哥在哪里发了洪水，她随后就去干旱；哥哥放完大火，她第二年又去狂风暴雨……

知道底细的人告诉我，拉尼娜是个能使东太平洋海水变冷的小魔女，她到处制造气候紊乱，走到哪里，就把飓风、暴雨、冰冻、严寒带到哪里。当然他们兄妹两个也都参与了全球温室效应……

海娘娘越说越气愤，又抄起鞭子抽打绑在柱子上的两个孩子。

凝儿上前拦住海娘娘，问："那您怎么把他们绑到这里了呢？"

"因为最近他们又离家出走了好多天，我到处找不到，后来听说是水巫女王把他们带到了这里，就一直追到了冰城。到这儿才知道，他们的到来使这座冰城一会儿融化，一会儿冰冻，一会儿狂风大作，一会儿暴雪横飞，现在全城冻成了一座死城，也是他们作的孽呀！我想，要是能把他们永远绑在这里，也许他们

19. 海娘娘和她的两个孩子

就干不了坏事了。现在水巫女王也正在寻找他们,我怕她找到他们,所以才把他们绑在了这个地下室。"

凝儿问:"您知道水巫女王在什么地方吗?"

海娘娘说:"听一个科学家说,水巫女王现在正在冰城的一个医院里,冒充医生给患者看病。"

我问:"在哪个医院呢?"

海娘娘摇了摇头。

凝儿问:"那,您是在哪儿看到的科学家呢?"

海娘娘说:"在冰城广场的一个角落里……"

20. 矮老头和他的三只黑羊

在冰城方形广场的一角，我和凝儿看到了一个由三只羊组成的冰雕画面：三只羊都是黑色的，一只低头，一只抬头，一只仰头，三只羊都四蹄撒开，姿态各异，凝固成一种奔跑的姿势。有意思的是，三只羊的缰绳却被一个能够活动的透明人牵拉着。他手里抖着缰绳，焦急地看着被冻住的三只黑羊，双脚在原地踏着步子。

透明人是个矮老头，戴着旧式礼帽，穿着随便，不加修饰，从他的装束一眼就能看出不是这个时代的人。

矮老头也发现了我们，腾出一只手欠了一下礼帽，算是打了招呼。

我上前也对矮老头施了一礼，问：

"请问，您是一位科学家吗？"

矮老头一愣，反问道："你怎么知道？"

我顽皮地一笑,说:"我当然知道啦!"

"哦……"矮老头警惕地看着我。

我说:"我能问您几个问题吗?"

矮老头说:"你只能问我三个问题,问第四个我就不能回答了。"

"为什么?"

"这是你问的第一个问题了?"矮老头眼睛里闪着狡黠的光。

"不,不,这怎么能算!"我急了。

"好吧,这个不算。但你再问可就算开始了。"

哈哈,是个很有意思的老人。

"好吧,"我说,"我问的第一个问题是:您为什么是会动的透明人呢?"

"因为我是个幽灵啊,"矮老头回答说,"在这个冰城里幽灵是冻不住的。"

"哦……那您是谁呢?是哪位科学家呢?"

矮老头说:"你这一个句子里有两个问号,我都回答了你就不能再问下一个问题了。"

我说:"别玩儿赖呀,两个问号其实是一个问题。"

矮老头想了想,不情愿地妥协了:"好吧,就算是一个问题。

我现在回答你：我叫舒贝因，是德国的科学家。"

"回答得太简单了。"我很不高兴，但是又说不出人家回答得有什么不妥。我只好又问："好吧，现在我问第三个问题，也是最后一个问题：您是个幽灵，为什么来到了这里？为什么手里牵着三只黑羊？"

矮老头像老顽童一样笑了起来，他跳着脚，指着我说："是你玩儿赖，你这个句子里又有两个问号。我可以只回答你一个问题吗？"

我虎着脸，坚决地说："不可以。两个问号也是一个问题呀！"

老顽童想了想，仰起头，显出很宽宏大量的样子，说："好吧，看在你是个小屁孩儿的分上，我让着你，就当一个问题回答吧。不过，我的回答可能会很长，你得有耐心听，一不许插话，

二不许打哈欠，三不许听到半道吓跑了……"

凝儿在一旁咯咯地笑了起来。

好嘛，听他的故事还得约法三章。我伸出右手小指，他也伸出右手小指，我们拉了钩儿。可是拉钩时我却感觉不到他手指的存在，我的小指从空气中拉了出来。

这也可以理解：幽灵嘛……

下面就是舒贝因回答的第三个问题，其实也是一个有趣儿的故事：

当了幽灵后我就记不得自己的年龄了，在那个世界里是没有年龄的。但是我清清楚楚地记得我发现这三只黑羊是在1840年，别着急，我一会儿再告诉你这三只黑羊是什么东西。

有一次我在化学实验室里做电解和火花放电实验，在实验的过程中闻到了一种特殊气味，这种气味与下雨时闪电过后的气味是一样的，是一种鱼腥味儿。我把此气味命名为 O_3，也叫臭氧，取自希腊语"Ozein"一词，就是"难闻"的意思。

我发现，在地球的大气层中，臭氧含量极低，仅占空气的几百万分之一，集中在距离地面十公里至五十公里的平流层。它由三个氧原子组成，所以我把它想象成三只羊；又因为它在空气中是无色的，液体状态下是暗蓝色，固体下则成了黑色，所以呀，我现在的三只羊就成黑羊了。嘿嘿，现在知道了吧？这就是我的三只黑羊的来历。

谁说科学家没有想象力？要是喜欢写诗，我早就成为文学家了！哈哈，你的眼睛告诉我，你想说我是个吹牛大王，对吧？

不是跟你吹牛，臭氧可是个好东西。它有很强的氧化分解能力，能够杀灭空气中的细菌、病毒，能消除水中的各种异味，能够把油漆、农药、化肥等有机物的臭味去除，能使蔬菜保鲜，能

处理水污染，能制造药物，合成纤维，漂白棉纱和纸浆，等等。更重要的是，它在高空能挡住太阳紫外线的照射，给地球穿上了一件厚厚的宇宙服，也就是形成了包裹在地球外围的一个臭氧层。别小看这个臭氧层，它能使动植物免遭紫外线的伤害，是人类赖以生存的保护伞啊！你说功劳大不大？

当然，它和我们每个人一样，有优点也有缺点，有正面作用也有负面影响：比如浓度大了，它会使人呼吸加速，产生胸闷气短、皮肤衰老等症状；对物品的腐蚀性也很强，使铜片出现绿色锈斑，使橡胶老化、变色。那就看我们怎样科学地利用它了。

我带着发现 O_3 的荣誉，带着自己对人类贡献的骄傲到另一个世界去了。我天天睡觉，睡得很甜、很香、很安详……

可是突然有一天，我被一个噩梦搅醒，一下子惊坐了起来。

小子，你也做过噩梦吧？你做噩梦肯定是因为被老师罚站或者被老爸打了屁股，哈哈，对吧？

我可不是。我梦见三位当代科学家来到了我的梦中，他们神

色十分凝重，说话的语气也非常沉痛。我不知道发生了什么，想问他们，可是因为在梦里，干嘎巴嘴却发不出声音。

他们先自报家门：一位是德国的包罗·科鲁参，一位是美国的马里奥·莫林纳，另一位也是美国的，叫舍伍德·罗兰德。他们都是因为对臭氧层浓度平衡机制的研究而获得了1995年的诺贝尔化学奖。他们痛心地告诉我，由于人工氟利昂在工业上的滥用，它们的大量排放已经对臭氧层构成了严重威胁。南极上空可怕地出现了臭氧层空洞，在2000年，这个空洞一度达到了三个澳大利亚那么大面积。而且北极上空的臭氧层也减少了百分之二十，这样会导致过量紫外线辐射，使人类皮肤癌患者增加，影响植物的光合作用，改变动植物细胞内的基因，杀死水中的微生物，造成某些物种灭绝……

我再也睡不着了。我想不到人类对自己生存的未来是那么不负责任。尽管我已经过世一百多年了，但是我要回去，拉着我的三只黑羊去补头顶上的窟窿！

你们看——

矮老头带着我和凝儿绕着三只黑羊走了一圈，我们真的看到每只羊的头顶上都有一个很大的黑洞。

20 矮老头和他的三只黑羊

在这座冰城里有一个医院，能修补我的羊脑门上的窟窿，我几乎每年都带它们到这里来治疗。这也是因为人类已经意识到，再这样无节制地排放氟利昂，后果真的是不堪设想。于是，联合国签订了《蒙特利尔议定书》，对控制全球破坏臭氧层物质的排放量和使用提出了具体的要求和规定，又把每年的9月16日作为国际保护臭氧层日。新型无氟冰箱的诞生，使空气中的氟利昂含量开始明显下降。澳大利亚一个臭氧层研究小组告诉我一个好

149

消息：由于环保措施这些年来得到了有效的执行，南极洲上空的臭氧空洞正在不断缩小，预计到2050年，这个洞就完全堵上了。哈哈，我的羊脑门也就彻底平复啦！

我真是充满了信心。可是，也不要高兴得太早，这一切都取决于人类自身行为，取决于他们能否过一种低碳生活。

这次，我领着我的三只黑羊来医院补洞，竟遇到一件气得我嘴斜鼻子歪的事情。

你别插话，小心听完你的鼻子也气歪了。

这次给我的羊做手术的换了一个人高马大的女医生，以前没见过。她把我的羊带进手术室，我还是等在外面。过了一会儿，我忽然听见我的羊嘶叫起来，那声音，像杀羊般恐怖。我扒着门缝看，看不见；我到手术室的窗户看，窗子太高，我个子矮，蹦了几蹦还是看不见；我急得团团转，灵机一动，爬上了手术室的天棚，从天窗往下看，这回我看见了——

你猜怎么回事？天哪！那个女医生正在用一把金属凿子，一点一点地凿我的羊的脑门儿，羊脑门儿上的窟窿越凿越大！

这是哪国的医生啊？！

我来不及多想，一下子从天棚上跳了下去，大喝一声："住手！"

女医生吓得把凿子扔在了地上。我们四目相对，我一下子认出了她——

我和凝儿也四目相对，我们三个人同时喊出：

"水巫女王！"

21. 决战水巫女王

按照矮老头指引的方向,我和凝儿来到了水巫女王所在的医院。

我们简单地化了装:我扮成一个弯腰驼背的小老头,把刚才被干冰冻伤的胳膊吊在脖子上,凝儿帮着我把长剑变成拐杖,她自己也扮成一个扶着我看病的小老太婆。

医院里静悄悄的,没有其他患者,医护人员都被冻结在各自的岗位上。我们一个房间一个房间地排查,终于找到了水巫女王的诊室,因为全医院只有她是"活"的医生。

坐在这个满脸横肉的女恶魔对面,我的心在剧烈地跳动。

"医生"微笑着问我病情,凝儿帮我打开了包扎着的伤手。

"医生"戴上眼镜仔细地观察着,过了一会儿,她摘下眼镜,脸上露出了古怪的笑容,突然问道:"你去看望干冰巨人了?!"

我和凝儿都吃了一惊。

"那咱们又是冤家路窄了……""医生"霍地站起来，一把扯掉身上的白大褂，一排纽扣飞落地上。

我出手奇快，猛地抽出长剑，剑尖闪电般抵住了水巫女王的前胸。

水巫女王张开双臂，一步一步地后退，我一步一步逼近。

我们把她逼到了墙角。凝儿刚想出手，不可思议的是，水巫女王突然像蒸发了一样无影无踪，我的剑尖触到墙上……

我和凝儿莫名其妙地对视着，不知道水巫女王玩的是什么把戏。即使她化作气体，我们也会看见一缕轻烟啊，莫非她冰遁了？

凝儿说："快！我们到干冰巨人那里……"

我明白她的意思。我们没有时间解释什么，拉着手，飞一般跑出医院，奔向那个古建筑……

追捕水巫

大门敞开，小门敞开，我们快步跑下了通往地下室的旋转楼梯，转角处，一眼看见了已经解开干冰巨人锁链的水巫女王。

水巫女王像拉一头大象似的正在往外牵拽着干冰巨人，由于所有的门都敞开了，空气进入，干冰巨人开始气化，一反常态。他暴怒地咆哮着，瞪圆了眼睛，眼神里再没有刚才的懦弱、善良，而是像一个发狂的魔鬼，一步一步地朝楼梯走来。

凝儿迅速掩住了身后的铁门，美丽的圆眼睛直直地瞪着干冰巨人。干冰巨人又一次仰面大叫着，挥舞着拳头，却没敢继续前行。渐渐地，他好像恢复了意识，眼神黯淡下来，低眉顺眼地不敢直视我们。

水巫女王甩掉铁链，刚想逃跑，凝儿挡住了她的去路。

她们四目对视着，谁也没有退缩。

站在水巫女王身后的我，突然飞身跃起，抡起长剑，直削水巫女王的头颅……

可是水巫女王又一次冰遁了，剑落处空空如也。

21. 决战水巫女王

干冰巨人已经恢复意识，他懊恼地坐在原地，又把锁链扣在了自己的脖子上，双手抱头，低声哭泣起来。

我刚想去安慰他，凝儿给我使了一个眼色，我明白了，水巫女王一定是逃到了旁边的房间。

我一脚踹开那个房间的铁门，凝儿风一般冲了进去。

只见水巫女王已经抢下海娘娘的鞭子，不知点了海娘娘什么穴位，使她冰冻在那里，成为一个淡水冰人了。

两个绑在冰柱上的坏孩子疯狂地挣扎着，嘶声叫喊着："亲妈咪来了！亲妈咪来了！"

水巫女王哈哈怪笑着，脆脆地甩了一响长鞭，转过身面对着我们。她身后的厄尔尼诺和拉尼娜像两个刚吃

追捕水巫

过狼乳的小魔鬼，张牙舞爪，气焰嚣张。

水巫女王摊牌了："水精灵，你要是识趣，赶紧把这个人类的小崽子扔给我，你自己走人。你我同宗同族，大路朝天，各走一边，我污水不犯你清水，互相给个方便，到头来也不枉认识一场；若执迷不悟，非要帮助人类，与我争个高低，打个死活，那老娘也就奉陪到底了！我是魔鬼，你是天使，你知道最后会是什么样的结局。到时候你就买不到后悔的良药啦！哈哈哈哈！"

凝儿雪白的脸忽地涨得通红，她用纤细的手指指着猖狂的水巫女王，义正词严地说："水巫，你是人类愚昧时生下的怪胎逆子，你祸害人类，祸害自然，祸害我们这个美丽的星球！现在人类已经觉醒，这个人类的少年代表着正义，代表着信念，代表着大自然的尊严，他聪明智慧，勇敢坚强，一定会战胜你这个污秽的魔鬼！几十亿年来，我是这个星球上水的精灵，怎么可能与你同流合污？！我会与人类一起战斗到底，直到彻底消灭你们！"

"好，说得好！那就别怪老娘不给你面子了！"水巫女王恨恨地、咯咯作响地咬碎冰牙，猛甩一鞭，对身后说，"孩儿们，给老娘出击！"

绑在冰柱子上的厄尔尼诺突然尖叫一声，口中吐出一股旋风，直冲我和凝儿而来，旋风里挟裹着股股热浪，霎时间飞沙走

21. 决战水巫女王

石，弥漫了整个房间。

我和凝儿手拉手、背对背紧紧靠在一起。

室内的温度在迅速升高，我感觉自己体内在发热，大滴的汗珠从脸上滑落，我和凝儿慢慢由雪人变成了水人……

绑着两个孩子的冰柱迅速融化，越来越细，整个古建筑也开始滴水。

凝儿闭上眼睛，开始施用魔法。

尽管凝儿的魔法使风力骤然减小，热浪也开始消退，但是整个冰厦还是止不住地化，有顷刻间便塌掉的危险。

水巫女王乘机带着两个孩子从地下室的天窗飞了出去。

我和凝儿也腾身飞起。就在我们飞出天窗的一刹那，这座古建筑轰然倒塌，变成了一片冰的废墟，把干冰巨人压在了地下深处……

废墟上，水巫女王面对我和凝儿，身后一左一右站着两个小魔鬼，组成了一个三角阵势。

我手挺长剑，又一次抵住了水巫女王的胸脯。

水巫女王闪身倒退一步，气急败坏地一甩长鞭，身后的拉尼娜鼓起腮帮，一股刺骨的冷气突然劈头盖脸地向我袭击过来，刹那间寒流滚滚，我还没来得及出手，就被冻成了冰人。

追捕水巫

我头脑清醒，但身体僵硬，保持着手持长剑的姿势。

这时，两个孩子狂叫猛跳，势若疯虎，紧紧抱住了凝儿的大腿，凝儿左右甩着，水巫女王乘机扑了过去，鹰爪一样的双手死死地扭住了凝儿的脖子……

我动弹不得，看到凝儿在慢慢窒息，身体也渐渐地软了下去。我大声哭喊："凝儿……"

凝儿被水巫女王扭住了脖子，白色的血液从手掐处的伤口里流淌出来，身体在一点点萎缩，最后慢慢倒了下去……

水巫女王回过身，一阵狂笑，张开两只魔爪一步步向我逼近。我冰冻在那里，一动也动不了，只能任她宰割……

她双手猛地探出，十根手指像尖利的爪子撕向我的胸膛，一阵剧烈的疼痛使我差点昏死过去。我能看见自己胸膛里流出鲜红的血液——我也不明白，已经变成水人的我怎么会有鲜红的血液流出。这时我想到，我自从变成水人以来，一次次与水巫斗争，

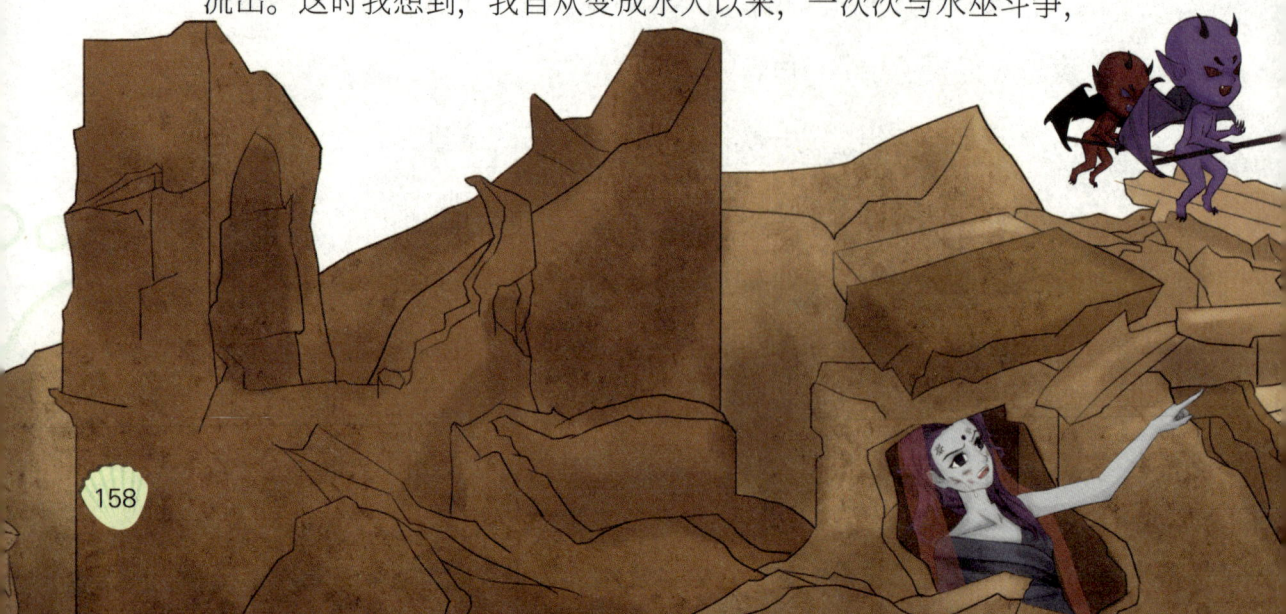

21. 决战水巫女王

最后却死在了她的手中……

我胸中腾起一阵熊熊的怒火，怒火烧身，使身体慢慢融化……

隔着水巫女王的身体，我忽然看见凝儿倒下的地方，流在地上的水迅速回聚，顷刻间，一个崭新的凝儿站起来，像一只轻盈飘逸的雨燕，飞身跃起，冷不防从后面把水巫女王扑倒在地。

我感觉自己迅速从冰冻状态解脱，恢复了水人的灵活……

水巫女王爬起来，芒然四顾着……

我又一次凌空飞起，一个大鹏展翅，手起剑落，最后一次削掉了她的头颅……

水巫女王庞大的身躯立在原地，被削平的脖腔在汩汩地冒着污水，最后翻身后仰，像一堵水墙似的瘫倒下去。

两个小帮凶早已吓得逃之夭夭……

我和凝儿的手紧紧握在一起。

22. 我的水灵珠

　　走在冰城的街道上，满眼是娇媚的阳光。刚刚经历一场生死搏斗，再重新欣赏这座奶白色的、童话般的城市，感觉更有一种如虚似幻的脱俗之美。

　　冰城又恢复了它原来的繁华和喧嚣。人流涌动，车水马龙，好像刚才什么也没有发生。

　　我问凝儿："这是故事的结尾吗？"

　　凝儿说："不，也许这才是故事的开始……"

　　"故事的开始？"我不解地问。

　　"是啊，"凝儿说，"因为你该回去开始你的新故事了。"

　　"回哪儿？"

　　"回你的学校去啊，"凝儿调皮地笑起来，"从哪儿来的回到哪儿去嘛！"

　　"可是，我还没找到水灵珠……"

22. 我的水灵珠

"你会找到的。"凝儿意味深长地说,"经历了这么多磨难,你已经懂得了许多道理。"

"道理又不是水灵珠。"

"也许道理就是水灵珠。"

我傻呵呵地问凝儿:"那你能跟我回去吗?"

凝儿又咯咯地笑了起来:"我怎么能跟你回去啊?我一不是你的老师,二不是你的同学,对不对?"

"那我怎样才能再看到你?"我鼻子一酸,哽咽着说不出

追捕水巫

话来。

凝儿像个小妈妈似的摸了摸我的头顶，眼里充满了似水柔情，反问道："你说，你能离开水吗？"

"当然离不开。"

"所以呀，我会一直陪伴着你的成长和生活。我们是形影不离的好朋友啊。"

"我现在根本就不想回去。"

"可是你必须回去。否则我们所做的一切都将前功尽弃。"

"哦……"

驾着来时的云朵，我恋恋不舍地挥手告别了凝儿。

凝儿站在一朵云上目送我远去，她白色的裙裾猎猎飘扬，身后衬托着花团锦簇的漫天彩霞……

云朵慢悠悠地盘旋在我们教室的窗边，又从窗子飘落在我的座位上。我看到，老师和同学们都静止在一个姿势上等我，我刚刚落座，大家又都动了起来，能听见笔落纸上沙沙的响声。老师在过道里踱着步子，慢声细语地提醒着作文的题目。

怎么一切都像没有发生一样？我从天上掉下来，竟没有一个人表示惊讶！

22. 我的水灵珠

要不就是我在做梦。可能现实生活中根本就没发生刚才的一切。

可是……

忽然，我感觉我胸前多了一个冰冰凉凉的东西，我伸手进去，慢慢把这个东西掏了出来。顿时，我惊讶得张大了嘴巴——

水灵珠！是水灵珠！

蓝盈盈的水灵珠就挂在我的脖子上！

我能看到，在水灵珠里，有凝儿仙女般的笑脸，她还是那样调皮地笑着，跟我做着各种各样的怪态。

我怕老师和同学们看见，赶紧把水灵珠揣在怀中。我低头看着作文稿纸：《假如我是……》

对了，我作文的题目就叫：

《假如我是一颗水灵珠》……

追捕水巫

如果人类持续现在的行为而不做任何改变,那么到21世纪结束的时候,地球上的物种会减少一半。如果这些数据都不能改变人类的行为,还有什么会使他们警醒呢?

——哈佛大学社会生物学家爱德华·威尔逊